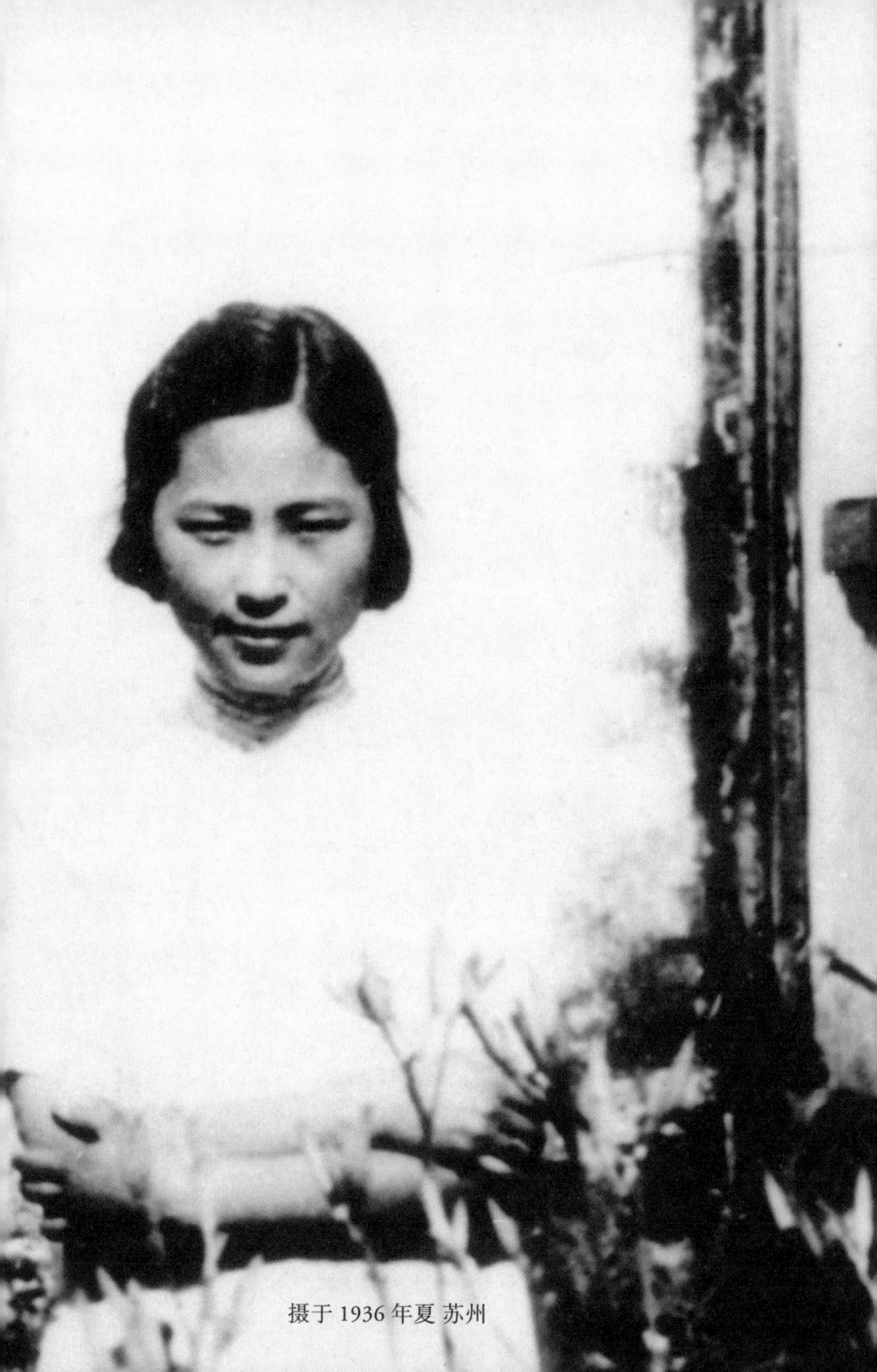

摄于 1936 年夏 苏州

摄于 1933 年 北平

写给心中的人、城、爱、山、河、树、云……

三三

我们的爱与箴言

沈从文 ——著

壹

温习
你的一切

小船上的信 4

泊曾家河 9

水手们 11

泊兴隆街 17

河街想象 19

过柳林岔 22

夜泊鸭窠围 27

歪了一下 32

滩上挣扎 35

叁

摇摇晃晃的人间

一个戴水獭皮帽子的朋友　88

一个多情水手与一个多情妇人　99

五个军官与一个煤矿工人　115

老伴　124

虎雏再遇记　135

一个爱惜鼻子的朋友　147

滕回生堂的今昔　161

贰

相爱一生，一生恨短

潭中夜渔 48

横石和九溪 51

历史是一条河 60

虎雏印象 63

到泸溪 66

泸溪黄昏 69

辰州下行 72

再到柳林岔 75

过新田湾 79

伍

附录

张兆和致沈从文之一

张兆和致沈从文之二

张兆和致沈从文之三

肆

走无数的桥
看最美的云

新湘行记——张八寨二十分钟 176

时间 187

黄昏 191

沉默 205

友情 211

生命 218

月下 221

壹

温习你的一切

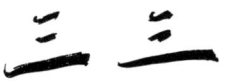

一九三三年九月九日,沈从文和张兆和新婚。后两人分居两地,沈从文回了湘西老家。异地恋对于他俩来说有个好处就是可以写信,平时的腼腆害羞在笔下统统收起,只留下火一般的炽热。

信中沈从文称张兆和为三三,张兆和也一改原来的态度,第一次显露出小女子的娇态,称他为"二哥"。在信里担忧地说:"长沙的风是不是也会这么不怜悯地吼,把我二哥的身子吹成一块冰?"沈从文则回信安慰她说:"三三,乖一点,放心,我一切好!我一个人在船上,看什么总想到你。"

小船上的信

（一九三四年一月十三日第一信）

　　船在慢慢地上滩，我背船坐在被盖里，用自来水笔来给你写封长信。这样坐下写信并不吃力，你放心。这时已经三点钟，还可以走两个钟头，应停泊在什么地方，照俗谚说："行船莫算，打架莫看。"我不过问。大约可再走廿里，应歇下时，船就泊到小村边去，可保平安无事。

　　船泊定后我必可上岸去画张画。你不知见到了我常德长堤那张画不？那张窄的长的。这里小河两岸全是如此美丽动人，我画得出它的轮廓，但声音、颜色、光，可永远无本领画出了。你实在应当来这小河里看看，你看过一次，所得的也许比我还多，就因为你梦里也不会想到的光景，一到这船上，便无不朗然入目了。这种时节两边岸上还是绿树青山，水则透明如无物，小船用两个人拉着,便在这种清水里向上滑行,水底全是各色各样的石子。

舵手抿起个嘴唇微笑,我问他:"姓什么?""姓刘。""在这河里划了几年船?""我今年五十三,十六岁就划船。"来,三三,请你为我算算这个数目。这人厉害得很,四百里的河道,涨水干涸河道的变迁,他无不明明白白。他知道这河里有多少滩,多少潭。看那样子,若许我来形容形容,他还可以说知道这河中有多少石头!是的,凡是较大的、知名的石头,他无一不知!水手一共是三个,除了舵手在后面管舵管篷管纤索的伸缩,前面舱板有两个人。其中一个是小孩子,一个是大人。两个人的职务是船在滩上时,就撑急水篙,左边右边下篙,把钢钻打得水中石头作出好听的声音。到长潭时则荡桨,躬起个腰推扳长桨,把水弄得哗哗的,声音也很幽静温柔。到急水滩时,则两人背了纤索,把船拉过去,水急了些,吃力时就伏在石滩上,手足并用地爬行上去。

船是只新船,油得黄黄的,干净得可以作为教堂的神龛。我卧的地方较低一些,可听得出水在船底流过的细碎声音。前舱用板隔断,故我可以不被风吹。我坐的是后面,凡为船后的天、地、水，我全可以看到。

　　我就这样一面看水一面想你。我快乐，就想应当同你快乐，我闷，就想要你在我必可以不闷。我同船老板吃饭，我盼望你也在一角吃饭。我至少还得在船上过七个日子，还不把下行的计算在内。你说，这七个日子我怎么办？天气又不是很好，并无太阳，天是灰灰的，一切较远的边岸小山同树木，皆裹在一层轻雾里，我又不能照相，也不宜画画。看看船走动时的情形，我还可以在上面写文章，感谢天，我的文章既然提到的是水上的事，在船上实在太方便了。倘若写文章得选择一个地方，我如今所在的地方是太好了一点的。不过我离得你那么远，文章如何写得下去。"我不能写文章，就写信。"我这么打算，我一定做到。我每天可以写四张，若写完四张事情还不说完，我再写。这只手既然离开了你，也只有来折磨它了。

　　我来再说点船上事情吧。船现在正在上滩，有白浪在船旁奔驰，我不怕，船上除了寂寞，别的是无可怕的。我只怕寂寞，但这也正可训练一下我自己。我知道对我这人不宜太好，到你身边，我有时真会使你皱眉，我疏忽了你，使我疏忽的原因便只是你待我太好，纵容了我。但你一生气，我即刻就不同了。

现在则用一件人事把两人分开，用别离来训练我，我明白你如何在支配我管领我！为了只想同你说话，我便钻进被盖中去，闭着眼睛。你瞧，这小船多好！你听，水声多幽雅！你听，船那么轧轧响着，它在说话！它说："两个人尽管说笑，不必担心那掌舵人。他的职务在看水，他忙着。"船真轧轧地响着。可是我如今同谁去说？我不高兴！

梦里来赶我吧，我的船是黄的，船主名字叫作"童松柏"，桃源县人。尽管从梦里赶来，沿了我所画的小堤一直向西走，沿河的船虽千千万万，我的船你自然会认识的。这里地方狗并不咬人，不必在梦里为狗吓醒！

你们为我预备的铺盖，下面太薄了点，上面太硬了点，故我很不暖和，在旅馆已嫌不够，到了船上可更糟了。盖的那床被大而不暖，不知为什么独选着它陪我旅行。我在常德买了一斤腊肝，半斤腊肉，在船上吃饭很合适……莫说吃的吧，因为摇船歌又在我耳边响着了，多美丽的声音！

我们的船在煮饭了，烟味儿不讨人嫌。我们吃的饭是粗米饭，很香很好吃。可惜我们忘了带点豆腐乳，忘了带点北京酱菜。想不到的是路上那么方便，早知道那么方便，我们还可带许多宝贝来上面,当"真宝贝"去送人!

  你这时节应当在桌边做事的。

  山水美得很,我想你一同来坐在舱里,从窗口望那点紫色的小山。我想让一个木筏使你惊讶,因为那木筏上面还种菜!我想要你来使我的手暖和一些……

十三日下午五时

泊曾家河

——三三专利读物(一九三四年一月十三日第二信)

我的小船已泊到曾家河。在几百只大船中间这只船真是个小物件。我已吃过了夜饭,吃的是辣子、大蒜、豆腐干。我把好菜同水手交换素菜,交换后真是两得其利。我饭吃得很好。吃过了饭,我把前舱缝缝罅罅用纸张布片塞好,再把后舱用被单张开,当成幔子一挂,且用小刀将各个通风处皆用布片去扎好,结果我便有了间"单独卧房"了。

你只瞧我这信上的字写得如何整齐,就可知船上做事如何方便了。我这时倚在枕头旁告你一切,一面写字,一面听到小表嘀嘀嗒嗒,且听到隔船有人说话,岸上则有狗叫着。我心中很快乐,因为我能够安静同你来说话!

说到"快乐"时我又有点不足了,因为一切纵妙不可言,缺少个你,还不成的!我要你,要你同我两人来到这小船上,才有意思!

我感觉得到,我的船是在轻轻地、轻轻地在摇动。这正同摇篮一样,把人摇得安眠,梦也十分和平。我不想就睡。我应当痴痴地坐在这小船舱中,且温习你给我的一切好处。三三,这时节还只七点三十分,说不定你们还刚吃饭!

我除了夸奖这条河水以外真似乎无话可说了。你来吧,梦里尽管来吧!我先不是说冷吗?放心,我不冷的。我把那头用布拦好后,已很暖和了。这种房子真是理想的房子,这种空气真是标准空气。可惜得很,你不来同我在一处!

我想睡到来想你,故写完这张纸后就不再写了。我相信你从这纸上也可以听到一种摇橹人歌声的,因为这张纸差不多浸透了好听的歌声!

你不要为我难过,我在路上除了想你以外,别的事皆不难过的。我们既然离开了,我这点难过处实在是应当的、不足怜悯的。

二哥

一月十三下八时

水手们

——三三专利读物(一九三四年一月十四日第一信)

天气真冷。昨晚船歇到曾家河,睡得不好,醒了许多次,全是冷醒的。醒了以后就有许久不能再睡去,常常擦自来火看小表的时间。皮袍子全搭到上面还不济事,我悔当时不肯带褥子来。

睡不着时我就心想:若落点雪多好。照南方规矩,天太冷了必落雪,一落了雪天就暖和了。天亮时船篷沙沙地响,有人说"落了雪",我忘了天气,只描摹那雪景。到后天已大亮时,看看雪已落了很多。气候既不转好,各个船又不能开动,你想,半路上停顿下来多急人。这样蹲下去两头无着,我是受不了的。我的船既是包定的,我的日子又有限度,不开船可不行!故我为他们称几斤鱼,这几斤鱼把船弄活动了,这时节的船,已离开原泊地方二十多里了。天气还是极冷，船仍然在用篙桨前进，两岸全是白色，河水清明如玉。一切都好得很！我要你！倘若两个人在这小船上，就一切全不怕了。想到南方天气已那么冷，北方还不知冻到什么样子。我恐怕你寂寞得很，又怕你被人麻烦，被事麻烦，我因此事也做不下去。

这船今天能歇到什么地方，我不明白，船上人也不明白。这时已十二点钟，两岸有鸡叫，有狗叫，有人吵骂声音，我算算你们应在桌边吃午饭了。我估计你们也正想到我，我心里很烦乱……

今天太冷，我的画也不能着手了。我只坐在被盖里，把纸本子搁在膝上写信，但一面写字一面就不快乐。我忙着到家，也忙着回转北平，但是天知道，这小船走得却如何慢！天气既那么冷，还得使三个划船人在水里风里把船弄上去，心中又不安。使他们高兴倒容易，晚上各人多吃半斤肉，这船就可以在水面上飞。可是我自己，却应当怎么办？三三，我自己真不知道如何办。做了点文章，又做不下去。校改了自己的书一遍，又觉得书也写得平平常常，不足注意。看看四丫头的相同你的相，就想起为四丫头改的文章，还无完成的希望，不知远处有个候补作家,正在如何怨我。照照镜子,镜中的我可瘦得怕人。当真的,人这样瘦,见了家中人又怎么办?我实在希望我回到家中时较胖一点,但天气那么坏,船那么慢,你隔得我又那么远,我有什么办法可以胖些?这么走路上可能要廿多天!

我心里有点着急。但是莫因我的着急便难过。在船上的一个,是应当受点罪,请把好处留给我回来,把眼泪与一切埋怨皆留到我回来再给我,现在还是好好地做事,好好地过日子吧。

我想我的信一定到得不大有秩序,我还担心有些信你收不到。因为在平汉车上发的六七封信,差不多全是交托车站上巡警发的,那些巡警即或不至于把信失掉,也许一搁在袋子里就是两天,保不定长沙的信到时,河南的信反而不到!

我又听到摇橹人歌声了,好听得很。但越好听也就越觉得船上没有你真无意思……

三三,我今天离开你一个礼拜了。日子在旅行人看来真不快,因为这一礼拜来,我不为车子所苦,不为寒冷所苦,不为饮食马虎所苦,可是想你可太苦了。

路上的鱼很好,大而活鲜鲜的鱼,一毛二分钱一斤,用白水煮熟实在好吃得很。这河里原本出好鱼,最好的是青鱼,鲜得如海味，你不吃过也就想不到那个好处。

船停了，真静。一切声音皆像冷得凝固了，只有船底的水声，轻轻地轻轻地流过去。这声音使人感觉到它，几乎不是耳朵，却只是想象。但当真却有声音。水手在烤火，在默默地烤火。

说到水手，真有话说了。三个水手有两个每说一句话中必有个野话字眼儿在前面或后面，我一天来已跟他们学会三十句野话。他们说野话同使用符号一样，前后皆很讲究。倘若不用，那么所说正文也就模糊不清了。我很稀奇，不明白他们从什么方面学来这种野话。

船又开了，为了开船，这船上舵手同水手谈论天气，我试计算计算，十九句话中就说了十七个坏字眼儿。仿佛一世的怨愤，皆得从这些野话上发泄，方不至于生病似的。说到他们的怨愤，我又想起这些人的生活来了。我这次坐这小船，说定了十五块钱到地。吃白饭则一千文一天，合一角四分。大约七天方可到地，船上共用三人，除掉舵手给另一岸上船主租钱五元外，其余轮派到水手的，至多不过两块钱。即作为两块钱，则每天仅两毛多一点点。像这样大雪天气，两毛钱就得要人家从天亮拉起一直到天黑，遇应当下水时便即刻下水，你想，多不公平的事！但这样船夫在这条河里至少就有卅万，全是在能够用力时把力气卖给人，到老了就死掉的。他们的希望只是多吃一碗饭，多吃一片肉，拢岸时得了钱，就拿去花到吊脚楼上女人身上去，一回两回，钱完事了，船又应当下行了。天气虽有冷热，这些人生活却永远是一样的。他们也不高兴，为了船搁浅，为了太冷太热，为了租船人太苛刻。他们也常大笑大乐，为了顺风扯篷，为了吃酒吃肉，为了说点粗糙的关于女人的故事。他们也是个人，但与我们都市上的所谓"人"却相离多远！一看到这些人说话，一同到这些人接近，就使我想起一件事情，我想好好地来写他们一次。我相信若我动手来写，一定写得很好。但我总还嫌力量不及，因为本来这些人就太大了。三三，这些船夫你若见到时，一定也会发生兴味的。船夫分许多种，最活泼有趣、勇敢耐劳的为麻阳籍水手，大多数皆会唱会闹，做事一股劲儿，带点憨气，且野得很可爱。麻阳人划船成为专业，一条辰河至少就应当有廿万麻阳船夫。这些人的好处简直不是一个人用口说得尽的，你若来，你只需用眼睛一看就相信我的话了。我过一阵下行，就想搭麻阳船。

三三，你若坐了一次这样小船，文章也一定可以写得好多了。因为船上你就可以学许多，水上你也可以学许多，两岸你还可以学许多！

我回来时当为你照些水手相来，还为你照个住吊脚楼的青年乡下妓女相来（只怕片子太少，到了城中就完事了）。这些人都可爱得很，你一定欢喜他们。

我颈脖也写木了，位置不对，我歇歇，晚上在蜡烛下再告你些。

二哥

十四下午一点

泊兴隆街

（一九三四年一月十四日第二信）

船停到一个地方，名"兴隆街"，高山积雪同远村相映照，真是空前的奇观。我想拿了相匣子上去照一个相，却因为毛毛雨落个不停，只好不上岸了。这时还只三点四十分，一时不及断黑，雪不落却落小雨。我冷得很，但手并不木僵。南方的冷与北方不同，南方的冷是湿的，有点讨厌的。穿衣多也无用处。烤火也无用处。

我们的小船因为煮饭吃，弄得满船全是烟子，我担心我的眼睛会为烟子熏坏。如今便是在烟里写这个信的。一面写信，一面依然可以听麻阳人船上的橹歌。船走得太慢，这日子可不好过。上面的人不把日子当数，行船人尤其不明白日子的意义。天气既那么冷，我也不好说话。但多捱一天，在上面住的日子就扣去一天，你说，我多难受。

我还得告你，今天是我的生日！这个生日可过得妙，坐在一只小船上来想念你们，你们若算着日子，也一定想得起今天是我生日！我想同你说话，却办不到，我想同大家笑笑，也办不到。我只有同水手谈话，问长问短，弄得他们哈哈大笑。我还为他们称三斤肉吃。但他们全不知道我如何发急，如何想我的行程。我还想自己照个小相，也无法照。我不知道怎么办就好一点。实在不知道怎么办。

三三，你只看我信写得如何乱，你就会明白我的心如何乱了。我不想写什么，不想说什么。我手冷得很，得你用手来捏才好……这长长的日子，真不好对付！我书又太带少了，画画的纸又不合用，天气又坏，要照相不便照相。我只好躲在舱中，把纸按在膝上，来为你写信。三三，我现在方知道分离可不是年轻人的好玩意儿。当时我们弄错了，其实要来便得全来，要不来就全不来。你只瞧，如今还只是四分之一的别离，已经当不住了，还有廿天，这廿天怎么办！？

十四四点三十分

河街想象

（一九三四年一月十四日第三信）

三三，我的心不安定，故想照我预定计划把信写得好些也办不到。若是我们两个人同在这样一只小船上，我一定可以作许多好诗了。

我们的小船已停泊在两只船旁边，上个小石滩就是我最欢喜的吊脚楼河街了。可惜雨还不停，我也就无法上街玩玩了。但这种河街我却能想象得出。有屠户，有油盐店，还有妇人提起烘笼烤手，见生人上街就悄悄说话。街上出钱纸，就是用作烧化的，这种纸既出在这地方，卖纸铺子也一定很多。街上还有个小衙门，插了白旗，署明保卫团第几队，做团总的必定是个穿青羽绫马褂的人。这种河街我见得太多了，它告我许多知识，我大部提到水上的文章，是从河街认识人物的。我爱这种地方、这些人物。他们生活的单纯，使我永远有点忧郁。我同他们那么"熟"——一个中国人对他们发生特别兴味，我以为我可以算第一位！但同时我又与他们那么"陌生"，永远无法同他们过日子。真古怪！我多爱他们，五四以来用他们做对象我还是唯一的一人！

我泊船的上面就恰恰是《柏子》文章上提到的东西，我还可以看到那些大脚妇人从窗口喊船上人。我猜想得出她们如何过日子，我猜得毫不错误。

四点

我吃过晚饭了，豆腐干炒肉、腊肝，吃完事后，又煮两个鸡蛋。我不敢多吃饭，因为饭太硬了些，不能消化。我担心在船上拖瘦，回到家里不好看，但照这样下去却非瘦不可的。我想喝点汤就办不到。想吃点青菜也办不到。想弄点甜东西也办不到。水果中在常德时我买的有梨子同金钱橘，但无用处，这些东西皆不宜于冬天在船上吃……如今既无热水瓶，又无点心，可真只有硬挨了。

又听到极好的歌声了,真美。这次是小孩子带头的,特别娇,特别美。你若听到,一辈子也忘不了的。简直是诗。简直是最悦耳的音乐。二哥蠢人,可惜画不出也写不出。

三三,在这条河上最多的是歌声,麻阳人好像完全是吃歌声长大的。我希望下行时坐的是一条较大的船,在船上可以把这歌学会。

十四日下五点十分

过柳林岔

（一九三四年一月十五日第一信）

十五日上午九点三十分

昨天晚上我又睡不好，不知什么原因，尽得醒。船走得太慢，使人着急。但天气那么冷，也不好意思催人下水拉船。我昨天不是说已经够冷了吗？今天还更糟！

今早开船时还只七点左右，落的是子子雪，撒在舱板上、船篷上如抛豆子，篙桨把手处皆起了凌，可是船还依然得上滩。从今天为始，我这小船就时时刻刻得上滩了，大约有成百个急水滩得上。

现在已十点，我们业已吃过早饭，船又在开动了。算算日子我已离开了你八天。我的信写了一大堆，皆得到辰州付邮。

我知道你着急,可是这信还仍然无法寄来。

路上过的日子,照我们动身时打算,总以为可担心处是危险。现在我方明白,路上危险倒没有,却只是寂寞。一个孤单单的人,坐在一个见方六尺的船舱里,一寸木板下就是汤汤的流水,风雪大了随时皆得泊下……我们的船太不凑巧了点,恰好就遇到这种风雪日子。

船又停了,你说急不急人。船正泊到一个泥堤下,一切声音皆没有,只有水在船底流过的声音。远处的雪一片白,天气好冷!船夫不好意思似的一面骂野话,一面跳上岸去拉纤,望到他们那个背影,我有说不出的同情,不好意思催促。

船开后,我坐在外面看了他们拉船半点钟[①]。雪子落得很密。真冷。若落软雪就好了,目前可似乎还不能落那种雪。照这样走去,也许从桃源到浦市这一段路,将超过七天,可能要十天以上。这预算一超过,我回北平的日子也一定得延长了。我的急与你们的盼望,同样是不能把这路程缩短的。路太长了。

你得好好地做事,不要为我着急,不要为我担忧。我算定

---

① 半点钟:半个钟头。

这信到你身边时，至迟十来天也就可以回到北平了。这信到辰州方能发出，辰州上浦市两天，浦市过家乡还得坐轿子两天，我在家蹲三天四天，下来有十一天可到北平，故总拢来算算，减去这信在路上的日子，这信到你手边十天后，我也一定可以到北平的。应当这么估计。

冷得很，我手也木了，等等再写。

十五日十一点十五分

三三，我们的船挂了篷，人不必上岸拉，不必用手摇结冰的篙桨，自动地在水面跑了。走得很快，很稳。水手便在火灶旁说笑话。我听他们说了半点钟。

现在还是用帆，风大了些，船也斜斜的。你若到这里来一定怕得喊叫，因为船在水面全是斜的，船边贴水不到一寸。但放心，这船是不作兴入水的。这小船好处在此，上下行全无危险。分量轻，码子小，吃水浅，因此来去自如。我嫌帆小了些，故只想让他们把被单也加上去。但办不到，因为天气太冷了，做什么皆极其费事的。现在还大落子子雪，同雨一样，比雨讨嫌。船上一切皆起了一层薄薄的冰,哑哑的返着薄光。两个水手在灶边烤火,一个舵手就在后梢管绳子同舵把。风景美得很,若人不忙,还带了些酒来,想充雅人,在这船上一定还可作诗的。但我实在无雅兴。我只想着早到早离开。

我苹果还剩八个,这就是说,我只吃了两个,送了别人两个,其余还好好地保留下来,预备送家中人吃。九九那个大的也还好好地在箱子里。我们忘了带点甜东西了,实在应当带些饼干,方能把这日子一部分用牙齿嚼掉。船上冬天最需要的恐怕便是饼干,水果全不想吃。我很想得点稀饭吃,因为不方便也就不要求水手做了。

十二点

这时船已到了柳林岔,多美丽!地方出金子,冬天也有人在水中淘金子!我生平还是第一次看到这样好看地方的。气派大方而又秀丽,真是个怪地方。千家积雪,高山皆作紫色,疏林绵延三四里,林中皆是人家的白屋顶。我船便在这种景致中,快快地在水面上跑。我为了看山看水,也忘掉了手冷身上冷了。

什么唐人宋人画都赶不上。看一年也不会讨厌。船就要上滩了,我等等再写。这信让四丫头先看,因为她看了才会把她的送你看。

二哥

十五下二时半

夜泊鸭窠围

（一九三四年一月十六日第四信）

十六日下午六点五十分

我小船停了，停到鸭窠围。中时候写信提到的"小阜平冈"应当名为"洞庭溪"。鸭窠围是个深潭，两山翠色逼人，恰如我写到翠翠的家乡。吊脚楼尤其使人惊讶，高矗两岸，真是奇迹。两山深翠，唯吊脚楼屋瓦为白色，河中长潭则湾泊木筏廿来个，颜色浅黄。地方有小羊叫，有妇女锐声喊"二老""小牛子"，且听到远处有鞭炮声与小锣声。到这样地方，使人太感动了。四丫头若见到一次，一生也忘不了。你若见到一次，你饭也不想吃了。

我这时已吃过了晚饭，点了两支蜡烛给你写报告。我吃了太多的鱼肉。还不停泊时,我们买鱼,九角钱买了一尾重六斤十两的鱼,还是顶小的!样子同飞艇一样,煮了四分之一,我又吃四分之一的四分之一,已吃得饱饱的了。我生平还不曾吃过那么新鲜那么嫩的鱼,我并且第一次把鱼吃个饱。味道比鲥鱼还美,比豆腐还嫩,古怪的东西!我似乎吃得太多了点,还不知道怎么办。

可惜天气太冷了,船停泊时我总无法上岸去看看。我欢喜那些在半天上的楼房。这里木料不值钱,水涨落时距离又太大,故楼房无不离岸卅丈以上,从河边望去,使人神往之至。我还听到了唱小曲声音,我估计得出,那些声音同灯光所在处,不是木筏上的艄簰头在取乐,就是有副爷们船主在喝酒。妇人手上必定还戴得有镀金戒子。多动人的画图!提到这些时我是很忧郁的,因为我认识他们的哀乐,看他们也依然在那里把每个日子打发下去,我不知道怎么样总有点忧郁。正同读一篇描写西伯利亚方面农人的作品一样,看到那些文章,使人引起无言的哀戚。我如今不只看到这些人生活的表面,还用过去一分经验接触这种人的灵魂。真是可哀的事!我想我写到这些人生活的作品,还应当更多一些!我这次旅行,所得的很不少。从这次旅行上,我一定还可以写出很多动人的文章!

三三,木筏上火光真不可不看。这里河面已不很宽,加之两面山岸很高(比劳山高得远),夜又静了,说话皆可听到。羊还在叫。我不知怎么的,心这时特别柔和。我悲伤得很,远处狗又在叫了,且有人说:"再来,过了年再来!"一定是在送客,一定是那些吊脚楼人家送水手下河。

风大得很,我手脚皆冷透了,我的心却很暖和。但我不明白为什么原因,心里总柔软得很。我要傍近你,方不至于难过。我仿佛还是十多年前的我,孤孤单单,一身以外别无长物,搭坐一只装载军服的船只上行,对于自己前途毫无把握,我希望的只是一个四元一月的录事职务,但别人不让我有这种机会。我想看点书,身边无一本书。想上岸,又无一个钱。到了岸必须上岸去玩玩时,就只好穿了别人的军服,空手上岸去,看看街上一切,欣赏一下那些小街上的片糖,以及一个铜元一大堆的花生。灯光下坐着扯得眉毛极细的妇人。回船时,就糊糊涂涂在岸边烂泥里乱走,且沿了别人的船边"阳桥"渡过自己船上去,两脚全是泥,刚一落舱还不及脱鞋,就被船主大喊:"伙计副爷们,脱鞋呀。"到了船上后,无事可做,夜又太长,水手们爱玩牌的,皆蹲坐在舱板上小油灯下玩牌,便也镶拢去看他们。这就是我,这就是我!三三,一个人一生最美丽的日子,十五岁到廿岁,便恰好全是在那么情形中过去了,你想想看,是怎么活下来的!万想不到的是,今天我又居然到这条河里,这样小船上,来回想温习一切的过去!更想不到的是,我今天却在这样小船上,想着远远的一个温和美丽的脸儿,且这个黑脸的人儿,在另一处又如何悬念着我!我的命运真太可玩味了。

我问过了划船的,若顺风,明天我们可以到辰州了。我希望顺风。船若到得早,我就当晚在辰州把应做的事做完,后天就可以再坐船上行。我还得到辰州问问,是不是云六①已下了辰。若他在辰州,我上行也方便多了。

现在已八点半了,各处还可听到人说话,这河中好像热闹得很。我还听到远远的有鼓声,也许是人还愿。风很猛,船中也冰冷的。但一个人心中倘若有个爱人,心中暖得很,全身就冻得结冰也不碍事的!这风吹得厉害,明天恐要大雪。羊还在叫,我觉得稀奇,好好地一听,原来对河也有一只羊叫着,它

---

① 云六:指沈从文的哥哥沈云六。

们是相互应和叫着的。我还听到唱曲子的声音,一个年纪极轻的女子喉咙,使我感动得很。我极力想去听明白那个曲子,却始终听不明白。我懂许多曲子。想起这些人的哀乐,我有点忧郁。因这曲子我还记起了我独自到锦州,住在一个旅馆中的情形。在那旅馆中我听到一个女人唱大鼓书,给赶骡车的客人过夜,唱了半夜。我一个人便躺在一个大炕上听窗外唱曲子的声音,同别人笑语声。这也是二哥!那时节你大概在暨南①读书,每天早上还得起床来做晨操!命运真使人惘然。爱我,因为只有你使我能够快乐!

二哥

我想睡了。希望你也睡得好。

十六下八点五十

---

① 暨南:指位于南京的暨南大学女子部(中学)。

歪了一下

（一九三四年一月十七日第三信）

一月十七日上午十点卅五分

这河水可不是玩意儿。我的小船在滩上歪了那么一下，一切改了样子，船进了点水，墨水全泼尽了，书、纸本子、牙刷、手巾，全是墨水。许多待发的信封面上也全是墨水。箱子侧到一旁，一切家伙皆侧到一旁，再来一下可就要命。但很好，就只那么一次危险。很可惜的是掉了我那支笔，又泼尽了那瓶墨水，信却写不成了。现在的墨水只是一点点瓶底残余，笔却是你的自来水笔。更可惜的是还掉了一支……你猜去吧。

这是我小船第一次遇险，等等也许还得有两次这种事情，但不碍事，吉人天相，决不会有什么大事。很讨厌的是墨水已完,纸张又湿,我的信却写不成了。我还得到辰州去补充一切,不然无法再报告你一切消息。好在残余的墨水至少总还可以够我今天用它,到了明天,我却已可以买新的墨水了。在危险中我本来还想照个相,这点从容我照例并不缺少的,可是来不及照相,我便滚到船一边了。说到在危险中人还从从容容,我记起了十二年前坐那军服船上行,到一个名为"白鸡关"的情形来了。那时船正上滩,忽然掉了头,船向下溜去。船既是上行的,到上滩时照例所有水手皆应当去拉纤,船上只有一个拦头一个掌梢的,两个人在急滩上驾只大船可不容易,因此在斜行中船就乓地同石头相磕,顷刻之间船已进了水,且很快地向下溜去。我们有三个朋友在船上,两人皆吓慌了,我可不在乎。我看好了舱板同篙子,再不成,我就向水中跳。但很好,我们居然不用跳水还拢了岸,水过船面两寸许,只湿了我们的脚。一切行李皆拿在手上,一个小包袱,除了两只脚沾了点水以外,什么也不湿。故这次打船经验可以说是非常合算的。我们还在那河滩上露宿一夜,可以说干赚得这一夜好生活!这次坐的船太小了点,还无资格遇这种危险,你不用为我担心,也不要为我抱屈,因为多有次危险经验,不是很有意思的事么?

那支笔我觉得有点可惜，因为这次旅行的信，差不多全是它写的。现在大致很孤独地卧在深水里，间或有一只鱼看到那么一个金色放光的笔尖，同那么一个长长的身体，觉得奇异时，会游过去嗅嗅，又即刻走开了。想起它那躺在深水里慢慢腐去，或为什么石头压住的情形，我这时有点惆怅。凡是我用过的东西，我对它总发生一种不可言说的友谊，我不知道这是什么原因。

我们的船又在上滩了，不碍事，我心中有你，我胆儿便稳稳的了。眼看到一个浪头跟着一个浪头从我船旁过去，我不觉得危险，反而以为你无法体验这种旅行极可惜。

又有了橹歌，同滩水相应和，声音雍容典雅之至。我歇歇，看看水，再来告你。我担心墨水不够我今天应用，故我的信也好像得悭吝一些了。

二哥

十七日上十一点卅五分

滩上挣扎

（一九三四年一月十七日第四信）

我不说除了掉笔以外还掉了一支……吗？我知道你算得出那是一支牙骨筷子的。我真不快乐，因为这东西总不能单独一支到北平的。我很抱歉。可是，你放心，我早就疑心这筷子即或有机会掉到河中去，它若有小小知觉，就一定不愿意独自落水。事不出我所料，在舱底下我又发现它了。

今天我小船上的滩可特别多，河中幸好有风，但每到一个滩上，总仍然很费事。我伏卧在前舱口看他们下篙，听他们骂野话。现在已十二点四十分，从八点开始只走了卅多里，还欠七十里，这七十里中还有两个大滩，一个长滩，看情形又不会到地的。这条河水坐船真折磨人，最好用它来作性急人犯罪以后的处罚。我希望这五点钟内可以到白溶下面泊船，那么明天上午就可到辰州了。这时船又在上一个滩,船身全是侧的,浪头大有从前舱进自后舱出的神气,水流太急,船到了上面又复溜下,你若到了这些地方,你只好把眼睛紧紧闭着。这还不算大滩,大滩更吓人!海水又大又深,但并不吓人,仿佛很温和。这里河水可同一股火样子,太热情了一点。好像只想把人攫走,且好像完全凭自己意见做去。但古怪,却是这些弄船人。他们逃避急流同漩水的方法可太妙了,不管什么情形他们总有办法避去危险。到不得已时得往浪里钻,今天已钻三回,可是又必有方法从浪里找出路。他们逃避水的方法,比你当年避我似乎还高明。他们明白水,且得靠水为生,却不让水把他们攫去。他们比我们平常人更懂得水的可怕处,却从不疏忽对于水的注意。你实在还应当跟水手学两年,你到之江避暑,也就一定有更多情书可看了。

我离开北平时,还计划到,每天用半个日子写信,用半个日子写文章。谁知到了这小船上,却只想为你写信,别的事全不能做。从这里看来我就明白没有你,一切文章是不会产生的。先前不同你在一块儿时,因为想起你,文章也可以写得很缠绵,很动人。到了你过青岛后,却因为有了你,文章也更好了。但一离开你，可不成了。倘若要我一个人去生活，做什么皆无趣味，无意思。我简直已不像个能够独立生活下去的人。你已变成我的一部分，属于血肉、精神一部分。我人并不聪明，一切事情得经过一度长长的思索。写文章如此，爱人也如此，理解人的好处也如此。

你不是要我写信告爸爸吗？我在常德写了个信，还不完事，又因为给你写信把那信搁下不写了。我预备到辰州写，辰州忙不过来，我预备到本乡写。我还希望在本乡为他找得出点礼物送他。不管是什么小玩意儿，只要可能，还应当送大姐点。大姐对我们好处我明白，二姐的好处被你一说也明白了。我希望在家中还可以为她们两人写个信去。

三三，又上了个滩。不幸得很……差点儿淹坏了一个小孩子，经验太少，力量不够，下篙不稳，结果一下子为篙子弹到水中去了。幸好一个年长水手把他从水中拉起，船也侧着进了不少的水。小孩子被人从水中拉起来后，抱着桅子荷荷地哭，看到他那样子真有使人说不出的同情。这小孩就是我上次提到一毛钱一天的候补水手。

这时已两点四十五分，我的小船在一个滩上挣扎，一连上了五次皆被急流冲下,船头全是水,只好过河从另一方拉上去。船过河时,从白浪里钻过,篷上也沾了浪。但不要为我着急,船到这时业已安全过了河。最危险时是我用号时,纸上也全是水,皮袍也全弄糟了。这时船已泊在滩下等待力量的恢复,再向白浪里弄去。

这滩太费事了,现在我小船还不能上去。另外一只大船上了将近一点钟,还在急流中努力,毫无办法。风篷、纤手、篙子,全无用处。拉船的在石滩上皆伏爬着,手足并用地一寸一寸向前。但仍无办法。滩水太急,我的小船还不知如何方能上去。这时水手正在烤火说笑话,轮到他们出力时,他们不会吝惜气力的。

三三,看到吊脚楼时,我觉得你不同我在一块儿上行很可惜,但一到上滩,我却以为你幸好不同来,因为你若看到这种滩水,如何发吼,如何奔驰,你恐怕在小船上真受不了。我现在方明白住在湘西上游的人,出门回家家中人敬神的理由。从那么一大堆滩里上行,所依赖的固然是船夫,船夫的一切,可真靠天了。

我写到这里时,滩声正在我耳边吼着,耳朵也发木。时间已到三点,这船还只有两个钟头可走,照这样延长下去,明天也许必须晚上方可到地。若真得晚上到辰州,我的事情又误了一天,你说,这怎么成。

小船已上滩了,平安无事,费时间约廿五分。上了滩问问那落水小水手,方知道这滩名"骂娘滩"(说野话的滩),难怪船上去得那么费事。再过廿分钟我的小船又得上个名为"白溶"的滩,全是白浪,吉人天相,一定不有什么难处。今天的小船全是上滩,上了白溶也许天就夜了,则明天还得上九溪同横石。横石滩任何船只皆得进点儿水,劣得真有个样子。我小船有四妹的相片,也许不至于进水。说到四妹的相片,本来我想让它凡事见识见识,故总把它放在外边……可是刚才差点儿它也落水了,故现在已把它收到箱子里了。

小船这时虽上了最困难的一段,还有长长的急流得拉上去。眼看到那个能干水手一个人爬在河边石滩上一步一步地走,心里很觉得悲哀。这人在船上弄船时,便时时刻刻骂野话,动了风,用不着他做事时,就摹仿麻阳人唱橹歌;风大了些,又摹仿麻阳人打呵贺,大声地说:

"要来就快来,莫在后面捱,呵贺——

风快发,风快发,吹得满江起白花,呵贺——"

他一切得摹仿,就因为桃源人弄小船的连唱歌喊口号也不会!这人也有不高兴时节,且可以说时时刻刻皆不高兴,除了骂野话以外,就唱:

"过了一天又一天,心中好似滚油煎。"

心中煎熬些什么不得而知,但工作折磨到他,实在是很可怜的。这人曾当过兵,今年还在沅州方面打过四回仗,不久逃回来的。据他自己说,则为人也有些胡来乱为。赌博输了不少的钱,还很爱同女人胡闹,花三块钱到一块钱,胡闹一次。他说:"姑娘可不是人,你有钱,她同你好,过了一夜钱不完,她仍然同你好,可是钱完了,她不认识你了。"他大约还胡闹过许多次数的。他还当过两年兵,明白一切作兵士的规矩。身体结实如二小的哥哥,性情则天真朴质。每次看到他,总很高兴地笑着。即或在骂野话,问他为什么得骂野话,就说:"船上人作兴这样子!"便是那小水手从水中爬起以后,一面哭一面也依然在骂野话的。看到他们我总感动得要命。我们在大城里住,遇到的人即或有学问,有知识,有礼貌,有地位,不知怎么的,总好像这人缺少了点成为一个人的东西。真正缺少了些什么又说不出。但看看这些人，就明白城里人实实在在缺少了点人的味儿了。我现在正想起应当如何来写个较长的作品，对于他们的做人可敬可爱处，也许让人多知道些，对于他们悲惨处，也许在另一时多有些人来注意。但这里一般的生活皆差不多是这样子，便反而使我们哑口了。

你不是很想读些动人作品吗？其实中国目前有什么作品值得一读？作家从上海培养，实在是一种毫无希望的努力。你不怕山险水险，将来总得来内地看看，你所看到的也许比一生所读过的书还好。同时你想写小说，从任何书本去学习，也许还不如你从旅行生活中那么看一次，所得的益处还多得多！

我总那么想，一条河对于人太有用处了。人笨，在创作上是毫无希望可言的。海虽俨然很大，给人的幻想也宽，但那种无变化的庞大，对于一个作家灵魂的陶冶无多益处可言。黄河则沿河都市人口不相称，地宽人少，也不能教训我们什么。长江还好，但到了下游，对于人的兴感也仿佛无什么特殊处。我赞美我这故乡的河，正因为它同都市相隔绝，一切极朴野，一切不普遍化，生活形式生活态度皆有点原人意味，对于一个作者的教训太好了。我倘若还有什么成就，我常想，教给我思索人生，教给我体念人生，教给我智慧同品德，不是某一个人，却实实在在是这一条河。

我希望到了明年，我们还可以得到一种机会，一同坐一次船，证实我这句话。

我这时耳朵热着，也许你们在说我什么的。我看看时间，正下午四点五十分。你一个人在家中已够苦的了，你还得当家，还得照料其他两个人，又还得款待一个客人，又还得为我做事。你可以玩时应得玩玩。我知道你不放心……我还知道你不愿意我上岸时太不好看，还知道你愿意我到家时显得年轻点，我的刮脸刀总摆在箱子里最当眼处。一万个放心……若成天只想着我，让两个小妮子得到许多取笑你的机会，这可不成的。

我今天已经写了一整天了，我还想写下去。这样一大堆信寄到你身边时，你怎么办。你事忙，看信的时间恐怕也不多，我明天的信也许得先写点提要……

这次坐船时间太久，也是信多的原因。我到了家中时，也就是你收到这一大批信件时。你收到这信后，似乎还可发出三两个快信，写明"寄常德杰云旅馆曾芹轩代收存转沈从文亲启"。我到了常德无论如何必到那旅馆看看。

我这时有点发愁,就是到了家中,家中不许我住得太短。我也愿意多住些日子,但事情在身上,我总不好意思把一月期限超过三天以上。一面是那么非走不可,一面又非留不可,就轮到我为难时节了。我倒想不出个什么办法,使家中人催促我早走些。也许同大哥故意吵一架,你说好不好?地方人事杂,也不宜久住!

小船又上滩了,时间已五点廿分。这滩不很长,但也得湿湿衣服被盖。我只用你保护到我的心,身体在任何危险情形中,原本是不足惧的。你真使我在许多方面勇敢多了。

二哥

若你爱他比偏见多,
就不用顾虑其余的傲慢。
因为,你给的爱足以抵挡这世间所有的阴霾。

贰

相爱一生，一生恨短

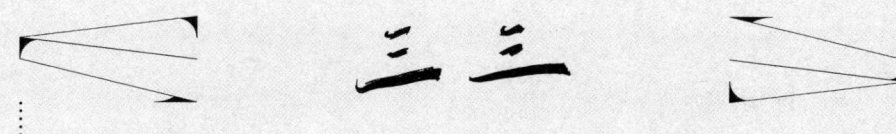

"山头夕阳极感动我,水底各色圆石也极感动我,我心中似乎毫无什么渣滓,透明烛照,对河水、对夕阳、对拉船人同船,皆那么爱着,十分温暖地爱着!"爱情,把他们变成了傻子。在信里,只留下了他们的爱情。生活已经不重要了,重要的是他的三三和她的二哥。

潭中夜渔

（一九三四年一月十七日第六信）

我只吃一碗饭，鱼又吃了不少。这时已七点四十，你们也应当吃过饭了。我们的短期分离，我应多受点折磨，方能补偿两人在一处过日子时，我对你疏忽的过失，也方能把两人同车时我看报的神气使你忘掉。我还正在各种过去事情上，找寻你的弱点与劣点，以为这样一来，也许我就可以少担负一份分离的痛苦。但出人意料的是我越找寻你坏处，就越觉得你对我的好处……

夜晚了，船已停泊，不必担心相片着水，我这时又把你同四丫头的相片从箱中取出来了。我只想你们从相片上跳下来，我当真那么傻想……我应当多带些你们的相片来了。我还忘了带九九同你元和大姐的相片，若全带到箱子里，则我也许可以把些时间，同这些相片来讨论点事情，或说几个故事，或又模拟你们口吻，说点笑话……现在十天了我还无发笑机会。

三三,四丫头近来吃饭被踢没有?应当为我每次踢她一脚。还有九妹,我希望她肯多问你些不认识的生字,不必说英文,便是中文她需要指点的方面也就很多。还有巴金,我从没为他写信,却希望你把我的路上一切,撮要告给他,并请他写点文章,为刊物登载。还有杨先生①,你也得告他我在路上的情形。我为了成日成夜给你这个三三写信,别的信皆不曾动手,也无动手机会,你为我各处说一声就得了。

现在已九点了,这地方太静,静得有些怕人。晚上风又大了些,也猛了些,希望它明天还能够如此吹一天,则到辰州必很早。我想最好我再过五天可到家……我一切信上皆不敢提及妈的病,我只担心她已很沉重,又担心她正已复原,却因我这短期回家、即刻分离增加她老人家的病痛。我心虚得很。三三,这十多天想来我已有很多信件了,我希望其中并无云六报告什么不吉消息。我还希望你们能把我各处来信看看,应复的你且为我一一复去。我这一走必忙坏了你……

三三,这河面静中有个好听的声音,是弄鱼人用一个大梆

---

① 杨先生:指杨振声。

子,一堆火,搁在船头上,河中下了拦江钓,因此满河里去擂桹子,让桹声同火光把鱼惊起,慌乱地四窜便触了网。这桹声且轻重不同,故听来动人得很。这种弄鱼方法,你从书上是看不到的。还有用火照鱼,用鸡笼捕鱼,用草毒鱼种种方法,单看书,皆毫无叙述。

我小船泊的地方是潭里,因此静得很,但却有种声音恐怕将使我睡不着。船底下有浪拍打,叮叮地响。时间已九点四十分,我的确得睡了……

弄鱼的桹声响得古怪,在这样安静地方,却听到这种古怪声音,四丫头若听到,一定又惊又喜。这可以说是一首美丽的诗,也可以说一种使人发迷着魔的符咒。因为在这种声音中,水里有多少鱼皆触了网,且同时一定也还有人因此联想到土匪来时种种空气的。三三,凡是在这条河里的一切,无一不是这样把恐怖、新奇同美丽糅合而成的调子!想领略这种美丽,也应得出一份代价。我出的代价似乎太多了点……我不放下这支笔,实在是我一点自私处。我想再同你说一会儿。在这样一叶扁舟中,来为三三写信,也是不可多得的!我想写个整晚,梦是无凭据的东西,反而不如就这样好!

……

横石和九溪

（一九三四年一月十八日第一信）

我七点前就醒了，可是却在船上不起身。我不写信，担心这堆信你看不完。起来时船已开动，我洗过了脸，吃过了饭，就仍然做了一会儿痴事……今天我小船无论如何也应当到一个大码头了。我有点慌张，只那么一点点。我晚上也许就可以同三弟从电话中谈话的。我一定想法同他们谈话。我还得拍发给你的电报，且希望这电报送到家中时，你不至于吃惊，同时也不至于为难。你接到那电报时若在十九，我的船必在从辰州到泸溪路上，晚上可歇泸溪。这地方不很使我高兴，因为好些次数从这地方过身皆得不到好印象。风景不好，街道不好，水也不好。但廿日到的浦市，可是个大地方，数十年前极有名，在市镇对河的一个大庙，比北京碧云寺还好看。

地方山峰同人家皆雅致得很。那地方出胖人,出大猪,出纸,出鞭炮。造船厂规模很像个样子。大油坊长年有油可打,打油人皆摇曳长歌,河岸晒油篓时必百千个排列成一片。

河中且长年有大木筏停泊,有大而明黄的船只停泊,这些大船船尾皆高到两丈左右,渡船从下面过身时,仰头看去恰如一间大屋。那上面一定还用金漆写得有一个"福"字或"顺"字!地方又出鱼,鱼行也大得很。但这个码头却据说在数十年前更兴旺,十几年前我到那里时已衰落了的。衰落的原因是河边长了沙滩,不便停船,水道改了方向,商业也随之而萧条了。正因为那点"旧家子"的神气,大屋、大庙、大船、大地方,商业却已不相称,故看起来尤其动人。我还驻扎在那个庙里半个月到廿天,属于守备队第一团,那庙里墙上的诗好像也很多,花也多得很,还有个"大藏"①,样子如塔,高至五丈,在一个大殿堂里,上面用木砌成,全是菩萨。合几个人力量转动它时,就听到一种吓人的声音,如龙吟太空。这东西中国的庙里似乎不多,非敕建大庙好像还不作兴有它的。

---

① 大藏:指的是浦峰寺内的转轮藏。

我船又在上一个大滩了,名为"横石",船下行时便必须进点水,上行时若果是只大船,也极费事,但小船倒还方便,不到廿分钟就可以完事的。这时船已到了大浪里,我抱着你同四丫头的相片,若果浪把我卷去,我也得有个伴!

三三,这滩上就正有只大船碎在急浪里,我小船挨着它过去,我还看得明明白白那只船中的一切。我的船已过了危险处,你只瞧我的字就明白了。船在浪里时是两面乱摆的。如今又在上第二段滩水,拉船人得在水中弄船,支持一船的又只是手指大一根竹缆,你真不能想象这件事。可是你放心,这滩又拉上了……

我想印个选集了,因为我看了一下自己的文章,说句公平话,我实在是比某些时下所谓作家高一筹的。我的工作行将超越一切而上。我的作品会比这些人的作品更传得久,播得远。我没有方法拒绝。我不骄傲,可是我的选集的印行,却可以使些读者对于我作品取精摘尤得到一个印象。你已为我抄了好些篇文章,我预备选的仅照我记忆到的,有下面几篇:

《柏子》《丈夫》《夫妇》《会明》(全是以乡村平凡人物为主格的,写他们最人性的一面的作品)。

《龙朱》《月下小景》（全是以异族青年恋爱为主格，写他们生活中的一片，全篇贯串以透明的智慧，交织了诗情与画意的作品）。

《都市一妇人》《虎雏》（以一个性格强的人为主格，有毒的放光的人格描写）。

《黑夜》（写革命者的一片段生活）。

《爱欲》（写故事，用天方夜谭风格写成的作品）。

应当还有不少文章还可用的，但我却想至多只许选十五篇。也许我新写些，请你来选一次。我还打量作个《我为何创作》，写我如何看别人生活以及自己如何生活，如何看别人作品以及自己又如何写作品的经过。你若觉得这计划还好，就请你为我抄写《爱欲》那篇故事。这故事抄时仍然用那种绿格纸，同《柏子》差不多的。这书我估计应当有购者，同时有十万读者。

船去辰州已只有三十里路，山势也大不同了，水已较和平，山已成为一堆一堆黛色浅绿色相间的东西。两岸人家渐多，竹子也较多，且时时刻刻可以听到河边有人做船补船，敲打木头的声音。山头无雪，虽无太阳，十分寒冷，天气却明明朗朗。

我还常常听到两岸小孩子哭声，同牛叫声。小船行将上个大滩，已泊近一个木筏，筏上人很多。上了这个滩后，就只差一个长长的急水，于是就到辰州了。这时已将近十二点，有鸡叫！这时正是你们吃饭的时候，我还记得到，吃饭时必有送信的来，你们一定等着我的信。可是这一面呢，积存的信可太多了。到辰州为止，似乎已有了卅张以上的信。这是一包，不是一封。你接到这一大包信时，必定不明白先从什么看起。你应得全部裁开，把它秩序弄顺，再订个小册子来看。你不怕麻烦，就得那么做。有些专利的痴话，我以为也不妨让四妹同九妹看看，若绝对不许她们见到，就用另一纸条粘好，不宜裁剪……船又在上一个大滩了，名为"九溪"。等等我再告你一切。

……

好厉害的水！吉人天佑，上了一半。船头全是水，白浪在船边如奔马，似乎只想攫你们的相片去，你瞧我字斜到什么样子。但我还是一手拿着你的相片，一手写字。好了，第一段已平安无事了。小船上滩不足道，大船可太动人了。现在就有四只大船正预备上滩，所有水手皆上了岸，船后掌梢的派头如将军，拦头的赤着个膊子，到水中不动了，一下子就跃到水中了。

我小船又在急水中了，还有些时候方可到第二段缓水处。

　　大船有些一整天只上这样一个滩，有些到滩上弄碎了，就收拾船板到石滩上搭棚子住下。三三，这斗争，这和水的争斗，在这条河里，至少是有廿万人的！三三，我小船第二段危险又过了，等等还有第三段得上。这个滩共有九段麻烦处，故上去还需些时间。我船里已上了浪，但不妨的，这不是要远人担心的……我昨晚上睡不着时，曾经想到了许多好像很聪明的话……今天被浪一打，现在要写却忘掉了。这时浪真大，水太急了点，船倒上得很好。今天天明朗一点，但毫无风，不能挂帆。船又上了一个滩，到一段较平和的急流中了。还有三五段。小船因拦头的不得力，已加了个临时纤手，一个老头子，白须满腮，牙齿已脱，却如古罗马人那么健壮。先时蹲到滩头大青石上，同船主讲价钱，一个要一千，一个出九百，相差的只是一分多钱，并且这钱全归我出，那船主仍然不允许多出这一百钱。但船开行后，这老头子却赶上前去自动加入拉纤了。这时船已到了第四段。

　　小船已完全上滩了，老头子又到船边来取钱，简直是个托尔斯泰！眉毛那么浓，脸那么长，鼻子那么大，胡子那么长，一切皆同画上的托尔斯泰相同。这人秀气一些,因为生长在水边,也许比那一个同时还干净些。他如今又蹲在一个石头上了。看他那数钱神气,人那么老了,还那么出力气,为一百钱大声地嚷了许久,我有个疑问在心:"这人为什么而活下去?他想不想过为什么活下去这件事?"不止这人不想起,我这十天来所见到的人,似乎皆并不想起这种事情的。城市中读书人也似乎不大想到过。可是,一个人不想到这一点,还能好好生存下去,很稀奇的。三三,一切生存皆为了生存,必有所爱方可生存下去。多数人爱点钱,爱吃点好东西,皆可以从从容容活下去的。这种多数人真是为生而生的。但少数人呢,却看得远一点,为民族为人类而生。这种少数人常常为一个民族的代表,生命放光,为的是他会凝聚精力使生命放光!我们皆应当莫自弃,也应当得把自己凝聚起来!

三三,我相信你比我还好些,可是你也应得有这种自信,来思索这生存得如何去好好发展!

我小船已到了一个安静的长潭中了。我看到了用鸬鹚咬鱼的渔船了,这渔船是下河少见的。这种船同这种黑色怪鸟,皆是我小时节极欢喜的东西,见了它们同见老友一样。我为它们照了个相,希望这相还可看出个大略。我的相片已照了四张,到辰州我还想把最初出门时,军队驻扎的地方照来,时间恐不大方便。我的小船正在一个长潭中滑走,天气极明朗,水静得很,且起了些风,船走得很好。只是我手却冻坏了,如果这样子再过五天,一定更不成事了的。在北方手不肿冻,到南方来却冻手,这是件可笑的事情。

我的小船已到了一个小小水村边,有母鸡生蛋的声音,有人隔河喊人的声音,两山不大而翠色迎人,有许多待修理的小船皆斜卧在岸上,有人正在一只船边敲敲打打,我知道他们是在用麻头同桐油石灰嵌进船缝里去的,一个木筏上面还有小船,正在平潭中溜着,有趣得很!我快到柏子停船的岸边了,那里小船多得很,我一定还可以看到上千的真正柏子!

我烤烤手再写。这信快可以付邮了,我希望多写些,我知道你要许多,要许多。你只看看我的信,就知道我们离开后,我的心如何还在你的身边!

手一烤就好多了。这边山头已染上了浅绿色,透露了点春天的消息,说不出它的秀。我小船只差上一个长滩,就可以用桨划到辰州了。这时已有点风,船走得更快一些。到了辰州，你的相片可以上岸玩玩，四丫头的大相却只好在箱子里了。我愿意在辰州碰到几个必须见面的人，上去时就方便些。辰州到我县里只二百八十里，或二百六或二百廿里，若坐轿三天可到，我改坐轿子。一到家，我希望就有你的信，信中有我们所照的相片！

船已在上我所说最后一个滩了，我想再休息一会儿，上了这长滩，我再告你一切。我一离开你，就只想给你写信，也许你当时还应当苛刻一点，残忍一点，尽挤我写几年信，你觉得更有意思！

……

二哥

一月十八十二时卅分

历史是一条河

（一九三四年一月十八日第二信）

十八日下午二时卅分

我小船已把主要滩水全上完了，这时已到了一个如同一面镜子的潭里。山水秀丽如西湖，日头已出，两岸小山皆浅绿色。到辰州只差十里，故今天到地必很早。我照了个相，为一群拉纤人照的。现在太阳正照到我的小船舱中，光景明媚，正同你有些相似处。我因为在外边站久了一点，手已发了木，故写字也不成了。我一定得戴那双手套的，可是这同写信恰好是鱼同熊掌，不能同时得到。我不要熊掌，还是做近于吃鱼的写信吧。这信再过三四点钟就可发出，我高兴得很。记得从前为你寄快信时，那时心情真有说不出的紧处，可怜的事，这已成为过去了。现在我不怕你从我这种信中挑眼儿了，我需要你从这些无头无绪的信上，找出些我不必说的话……

我已快到地了，假若这时节是我们两个人，一同上岸去，一同进街且一同去找人，那多有趣味！我一到地见到了有点亲戚关系的人，他们第一句话，必问及你！我真想凡是有人问到你，就答复他们"在口袋里"！

三三，我因为天气太好了一点，故站在船后舱看了许久水，我心中忽然好像彻悟了一些，同时又好像从这条河中得到了许多智慧。三三，的的确确，得到了许多智慧，不是知识。我轻轻地叹息了好些次。山头夕阳极感动我，水底各色圆石也极感动我，我心中似乎毫无什么渣滓，透明烛照，对河水、对夕阳、对拉船人同船，皆那么爱着，十分温暖地爱着！我们平时不是读历史吗？一本历史书除了告诉我们些另一时代最笨的人相斫相杀以外有些什么？但真的历史却是一条河。从那日夜长流千古不变的水里，石头和砂子，腐了的草木，破烂的船板，使我触着平时我们所疏忽了若干年代若干人类的哀乐！我看到小小渔船，载了它的黑色鸬鹚向下流缓缓划去，看到石滩上拉船人的姿势，我皆异常感动且异常爱他们。我先前一时不还提到过这些人可怜的生，无所为的生吗？不，三三，我错了。这些人不需我们来可怜，我们应当来尊敬来爱。他们那么庄严忠实地生，却在自然上各担负自己那份命运，为自己、为儿女而活下去。不管怎么样活，却从不逃避为了活而应有的一切努力。他们在他们那份习惯生活里、命运里，也依然是哭、笑、吃、喝，对于寒暑的来临，更感觉到这四时交递的严重。三三，我不知为什么，我感动得很！我希望活得长一点，同时把生活完全发展到我自己这份工作上来。我会用我自己的力量，为所谓人生，解释得比任何人皆庄严些与透入些！三三，我看久了水，从水里的石头得到一点平时好像不能得到的东西，对于人生，对于爱憎，仿佛全然与人不同了。我觉得惆怅得很，我总像看得太深太远，对于我自己，便成为受难者了。这时节我软弱得很，因为我爱了世界，爱了人类。三三，倘若我们这时正是两人同在一处，你瞧我眼睛湿到什么样子！

三三，船已到关上了，我半点钟就会上岸的。今晚上我恐怕无时间写信了，我当说声再见！三三，请把这信用你那体面温和眼睛多吻几次！我明天若上行，会把信留到浦市发出的。

二哥

一月十八下午四点半

这里全是船了！

虎雏印象

（一九三四年一月十九日第二信）

这时已下午两点，船只上小滩，在一条平衍河里走去，河面放宽一些，两岸山已不高，太阳甚好，照在这张纸上炫我眼睛！我很舒服。我的手已不再发肿，我的脚也不觉得怎样冷了。我听了那虎雏说了半天关于他生活过去的故事。这副爷现在还不到廿三岁，七八岁时就打死了人，独自跑出外边，做过割草人，做过土匪，做过采茶人，做过兵。他当了七年的兵，明白的事情比一个教授多多了。他打架喝酒的事情，不知有过多少次，但人却能干可爱之至。他跟了我三弟三四年，一切事皆可交给他，这真是个怪而了不起的人。他说到许多打小仗吃苦受罚的事情，皆正是任何一本书还不曾提到过的事情。他那份渊博处，以及因见多识广，对于自己观念打算铺叙的才干，使我不能不佩服他。我不是说这次旅行一定可以学许多吗？别的不提，单在这样一个人方面，给我有用的知识与智慧已够多了。

这时阳光真好。

我们本乡那方面，大哥也在昨晚上就拍发了一个无线电报回去了，家中得到这个电后，他们不知如何快乐！这次谁也不想到我会回来的，故辰州方面许多老朋友皆十分惊异。到了家中那天，本乡人见着了我，一定更加惊奇！离家太久真不好，一切皆生疏得很，同做客一样，我说话也似乎很困难的。

我的船昨天停泊的地方，就是我十五年前在辰州看柏子停船的地方，我本想照个相已赶不及，回来时一定可把我自己照成柏子一样的。

天气太好我就有点惆怅，今天的河水已极清浅，河床中大小不一的石子，历历可数，如棋子一般，较大石头上必有浅绿色蓝丝，在水中漂荡，摇曳生姿。这宽而平平的河床，以及河中东西，皆明丽不凡。两岸山树如画图，秀而有致。船在这样一条河中行走，同舱中缺少一个你，觉得太不合理了。

我想我也得睡睡才好，我昨天只睡三个钟头……

人家都说我胖了些，这话从他们口中说出我不甚相信，但从他们本人肥瘦上看来，我却十分相信。我昨天见到五个熟人，其中就只有一个天生胖子，其胖如昔，其余诸人，全似乎还不如我的。这里人说话皆大声叫喊，吃东西随便把花生橘子皮壳撒满一地，客人在家中不作兴脱帽，很有趣味。

二哥

十九日下三时

到泸溪

（一九三四年一月十九日第三信）

十九日下四时廿分

我小船走得很好，上午无风，下午可有风，帆拉得满满的。河水依然如前一信所说，很平很宽，不上什么滩，也不再见什么潭。再有十里我船可以到泸溪，船就得停泊了。天气好得很……动身时，我们最担心处是上面不安静，但如今这里的安静却令人出奇，只须从天气河流上看来，也就使人不必再担心有任何困难，会在远行人方面发生了。管领这条河面的是辰州那个戴旅长，军纪好得很，河面可以说是太安全了。在家在辰州的朋友亲戚，他们全将不许我走路，全要我多住一天两天，这可不成。我想在家中住三天，回转辰州住那一天，我想要云六大哥请客,把朋友请到新家来吃一顿。至于在家中,则打量一律不赴人的酒席。凡请我吃饭的,皆用"想陪母亲"来挡拒。这样一来当轻松一些。一切熟人皆相隔太久了,说话也无多意思,这些人某种知识也许比我的好过数倍,但我也无从去学习,因为学来也毫无用处。一切熟人生活皆与我完全不同,且仿佛皆活得比我更起劲,我同他们去玩也似乎不能再在一处玩了。家中只有妈同六弟同几个老年亲戚可以看看,在家中时,家中人一定特别快乐,我也一定特别快乐的。我就发愁要走,或走不动……

我小船已到了泸溪,时间六点多一些,天气太好,地方风景也雅多了。这里城不十分坏,码头可不像个样子,地方上下六十里皆著名码头,故商务萧条得很,只是通峒河的船峒河下游称武水,在泸溪汇入沅水,则应从此地分流。若想乘船直到我家乡,便可在此地搭船上行的。峒河来源很怪,全从悬崖石壁中流出,一下就可行船。另一支流则直经过我的家乡小城,绕城上行达到苗乡乌巢河的。

我小船已泊定,吃了两碗白面当饭,这时正有廿来只大船从上游下行,满江的橹歌,轻重急徐,各不相同又复谐和成韵。

夕阳已入山,山头余剩一抹深紫,山城楼门矗立留下一个明朗的轮廓,小船上各处有人语声、小孩吵闹声、炒菜落锅声、船主问讯声。我真感动,我们若想读诗,除了到这里来别无再好地方了。这全是诗。

天黑了,我想把这信发了,故不写完。但写不完的却应当也为你看出些字句较好,因为这是从我身边来的一张纸……

            你的心

            十九下六时半

泸溪黄昏

(一九三四年一月十九日第四信)

十九下午七时

我似乎说过泸溪的坏话,泸溪自己却将为三三说句好话了。这黄昏,真是动人的黄昏!我的小船停泊处,是离城还有一里三分之一地方,这城恰当日落处,故这时城墙同城楼明明朗朗的轮廓,为夕阳落处的黄天衬出。满河是橹歌浮着!沿岸全是人说话的声音,黄昏里人皆只剩下一个影子,船只也只剩个影子,长堤岸上只见一堆一堆人影子移动,炒菜落锅的声音与小孩哭声杂然并陈,城中忽然的一声小锣。唉,好一个圣境!

我明天这时,必已早抵浦市了的。我还得在小船上睡那么一夜,廿一则在小客店过夜,如《月下小景》一书中所写的小旅店，廿二就在家中过夜了……

明天就到廿了，日子说快也快，说慢又慢。我今天同昨天在路上已看到许多白塔，许多就河边石上捶衣的妇人，而且还看到河边悬崖洞中的房屋，以及架空的碾子。三三，我已到了"柏子"的小河，而且快要走到"翠翠"的家乡了！日中太阳既好，景致又复柔和不少，我念你的心也由热情而变成温柔的爱。我心中尽喊着你，有上万句话，有无数的字眼儿，一大堆微笑，一大堆吻，皆为你而储蓄在心上！我到家中见到一切人时，我一定因为想念着你，问答之间将有些痴话使人不能理解。也许别人问我："你在北平好！"我会说："我三三脸黑黑的，所以北平也很好！"不是这么说也还会有别的话可说，总而言之则免不了授人一点点开玩笑的机会。母亲年老了，这老人家看到我有那么一个乖而温柔的三三，同时若让这老人家知道我们如何要好，她还会更高兴的。我在辰州时，云六说："妈还说'晓得从文怎么样就会选到一个屋里人？同他一样的既不成，同他两样的，更不好。'可是如今可来了，好了，原来也还有既不同样也不异样的人！"家中人看到我们很好，他们的快乐是你想不出的。他们皆很爱你，你却还不曾见过他们！

三三,昨天晚上同今晚上星子新月皆很美,在船上看天空尤可观,我不管冻到什么样子,还是看了许久星子。你若今夜或每夜皆看到天上那颗大星子,我们就可以从这一粒星子的微光上,仿佛更近了一些。因为每夜这一粒星子,必有一时同你眼睛一样,被我瞅着不旁瞬的。三三,在你那方面,这星子也将成为我的眼睛的!

你的二哥
十九下九时

辰州下行

（一九三四年二月一日）

二月一号下五时

我小船在一个两岸皆山、山半皆吊脚楼的某处过去，我想起应当为你写信了。我小船所到的地方，正是从辰州寄发一大堆信所写到的地方。上行时这些河边小屋如何感动了我，现在依然又有了机会到这种感动中来写信！这时已经快要入夜了。河边小屋在雨后屋瓦皆极黑，上面为炊烟包着浸着。远山还在雾里，同样在这条河中向上行驶的船，皆各挂了大小不等的白帆，沿河走去。有摇橹人歌声，有呐喊声。我的小船上的水手之一，已把晚饭菜煮好，只等待到了那个预定要到的站头，就抛了锚吃饭。今天从辰州开船时已七点八点，但船小而且轻，风又不大，故仍然走了八十九十里路。这小船应泊的地方名为潭口，明早便又得下最大的青浪滩了。照这样子算来，我是应当可以希望在八号到北平的。我也许到武昌停顿一天，把一点东西送给叔华。但我却愿意早见你们，不妨把东西从北平寄给她。这信是必须后天方能发出的，它将比我先到一天。

今早我上船时，大哥三弟皆送我到船边。船停顿的泥滩便是柏子小船停顿的泥滩，对河有白塔，河中有大小船数百，许多人皆同柏子一样，我感动得很！大哥在我小船开动以后还哑着个喉咙说："三月三人来啊，三月三人来啊！"他真希望你们来看看他经营的好看小屋，那屋在辰州地方很出色，放到青岛去时也依然是出色的。

信写到这里时我吃了一顿好饭，船停在河心买柴，吃完了饭站到外面看看，我无法形容所见的一切。总而言之，此后我再也不把北平假古画当宝贝了。

时间快要夜了，我很温柔地想着你。我还有八天方可见你，但我并不如上行时那么焦躁了。顺水行船也是使我不着慌的理由。我心很静，很温柔。

我因为在上面吃辣的太多，泻了许多天，上船来可好了。

我一定瘦些了，我正希望到车上去多加点养料到身上去。我除了稍瘦一切都好，你放心。若这信比我先到，我得请求你不要睡不着觉，我至多只会慢这信一天到地的。

这次的船比上次还干净宽畅。

二哥

一日下五时卅七分

再到柳林岔

（一九三四年二月二日第一信）

二号上午九点

这个时节我的小船已行走了五十里路，快要到美丽的柳林岔了。今天还未天亮时，船上人乘着月就下了最大最长的一个青浪滩。船在浪里过去时，只听到吼声同怒浪拍打船舷声，各处全是水，但毫不使人担心。照规矩，下行船在潭口上游有红嘴老鸦来就食，这船就不会发生任何危险。老鸦业已来过，故船上人就不在乎了。说到这老鸦时也真怪，下行船它来讨饭，把饭向空中抛去，它接着，便飞去了。它却不向上行船打麻烦。今天无风，水又极稳，故预备一夜赶到桃源。但车子不凑巧，我也许不能不在常德停一天，必得后天方能过长沙。天气阴阴的,也不很冷,也无雨无雪,坐船得这样天气,可以说是十分幸福的。我觉得一天比一天接近你了,我快乐得很!

我今天又得吃鱼,水手的鱼真不可不吃,不忍不吃。鱼卖一毛钱一斤,不买它来吃,不说打鱼人,便是鱼也会多心的。我带来了不少腊肉、腊肠,还有十筒茶叶、一百橘子。还有个牛角,从苗巫师处得到,预备送一个人的。还有圈子,应作送四丫头等的钏子。还有梨子,味道并不怎样高明,但已是"五千里外远客"的梨子。还有印花布,可以作客厅垫单用的宝物!到长沙时,我或许为你们带了些酱油来,或许还可带两对鸭绒枕芯作为垫子。我在长沙应蹲个半天,还应见四五个人,希望天晴,在街上可以多见识见识。长沙一切皆不恶,市面尤其好看。

……前天晚上我在辰州戴家吃消夜,差不多把每一样菜皆来上一把辣子,上到鱼翅时,我以为这东西大约不会辣了,谁知还是有一钱以上的胡椒末在汤中。可是到后上莲子,可归我独享了。回家时已十二点钟,先回家的大哥早已睡觉了。

我小船又在下滩了,好大的水!这水又窄又急,滩下还停顿的有卅来只大船等待——上滩。那滩下转折处的远山,多神奇的设计！我只想把你一下捉到这里来，让你一惊，我真这么想。我稀奇那些住在对岸的人，对着这种山还毫不在乎。

我这时已吃过了一顿模范早餐，我吃完了饭，水手也吃完了饭，各人在吸丝烟，船在一个艄公桨下顺流而下。这长潭，又是多么神奇的境界！我吃的是一大碗糙米饭、一碗用河水煮就的河鱼、一碗紫菜苔、一点香肠。三斤半的鲤鱼我大约吃了十二两。一个大尾巴，用茶油煎成黄色的家伙，我差不多完全吃光了。假若这样在船上半年，不必读一本书，我一定也聪明多了。河鱼味道我还缺少力量来描写它。

在岸上吃过饭后的人总懒些呆些，在船上可两样了。我在船上每次把饭吃过以后，人总非常舒服。只想讲话，只想动，只想写。六月里假若我们还可以有一个月离开北平，我以为纵不是过辰州避暑，也不妨来湖南坐坐我所坐的小船，因为单是船上这种生活，只要一天，你就会觉得其他任何麻烦皆抵消了。这河上的一切，你只需看一眼，你就会终生不忘的。等着六月再看吧，若果六月时短期离开北平不是件大事，我们就来到这河上证实一下我所说的一切吧。

今天一点儿风也不起，我的小船一个整天会在这条河上走两百里路的。今天所走的路,抵前次上行四天所走的路。你只想想这个比数,也就可以想象得出这段河流的速度了。

二哥

十二点或者还欠些

(我表已不在手边了)

过新田湾

(一九三四年二月二日第二信)

二号十二点过些

假若你见到纸背后那个地方、那点树、石头、房子、一切的配置、那点颜色的柔和,你会大喊大叫。不瞒你,我喊了三声!可惜我身边的相匣子不能用,颜色笔又送人了,对这一切简直毫无办法。我的小船算来已走了九十里,再过相等时间,我可以到桃源了。我希望黄昏中到桃源,则可看看灯,看看这小城在灯光中的光景。还同时希望赶得及在黄昏前看桃源洞。这时一点儿风没有,天气且放了晴,薄薄的日头正照在我头上。我坐的地方是艄公脚边,他的桨把每次一推仿佛就要磕到我的头上,却永远不至于当真碰着我。河水已平,水流渐缓,两岸小山皆接连如佛珠，触目苍翠如江南的五月。竹子、松、杉，以及其他常绿树皆因一雨洗得异常干净。山谷中不知何处有鸡叫，有牛犊叫，河边有人家处，屋前后必有成畦的白菜，作浅绿色。

小埠头停船处，且常有这种白菜堆积成A字形，或相间以红萝卜。三三，我纵有笔有照相器，这里的一切颜色、一切声音，以至于由于水面的静穆所显出的调子，如何能够一下子全部捉来让你望到这一切，听到这一切，且计算着一切，我叹息了。我感到生存或生命了。三三，我这时正像上行时在辰州较下游一点点和尚洲附近，看着水流所感到的一样。我好像智慧了许多，温柔了许多。

三三，更不得了，我又到了一个新地方，艄公说这是"新田湾"。有人唤渡，渔船上则有晒帆晾网的。码头上的房子已从吊脚楼改而为砖墙式长列，再加上后面远山近山的翠绿颜色，我不知道怎么来告你了。三三，这地方同你一样，太温柔了。看到这些地方，我方明白我在一切作品上用各种赞美言语装饰到这条河流时，所说的话如何蠢笨。

我这时真有点难过，因为我已弄明白了在自然安排下我的蠢处。人类的言语太贫乏了。单是这河面修船人把麻头塞进船缝敲打的声音,在鸡声人声中如何静,你没有在场,你从任何文字上也永远体会不到的!我不原谅我的笨处,因为你得在我这支笔下多明白些,也分享些这里这时的一切!三三,正因为我无法原谅自己,我这时好像很忧愁。在先一时我以为人类是个万能的东西,看到的一切,并各种官能感到的一切,总有办法用点什么东西保留下来,我且有这种自信,我的笔是可以做到这件事情的。现在我方明白我的力量差得远。毫无可疑,我对于这条河中的一切,经过这次旅行可以多认识了一些,此后写到它时也必更动人一些。在别人看来,我必可得到"更成功"的谀语,但在我自己,却成为一个永远不能用骄傲心情来做自己工作的补剂那么一个人了。我明白我们的能力,比自然如何渺小,我低首了。这种心境若能长久支配我,则这次旅行,将使我在人事上更好一些……

这时节我的小船到了一个挂宝山前村,各处皆无宝贝可见。艄公却说了话:

"这山起不得火,一起火辰州也就得起火。"

我说:"哪一个山?"原来这里有无数小山。

艄公用手一挥:"这一串山!"

我笑了。他为我解释:

"因为这条山迎辰州，故起不得火。"

真是有趣的传说，我不想明白这个理由，故不再问他什么。我只想你，因为这山名为挂宝山，假若我是个艄公，前面坐了一个别的人，我告他的一定是关于你的事情!假若我不是艄公，但你这时却坐在我身旁，我凭空来凑个故事，也一定比"失火"有趣味些!

我因为这艄公只会告我这山同辰州失火有关，似乎生了点气，故钻进舱中去了。我进舱时听岸边有黄鸟叫，这鸟在青岛地方，六月里方会存在。

这次在上面所见到的情形，除了风景以外，人事却使我增加无量智慧。这里的人同城市中人相去太远，城市中人同下面都市中人又相去太远了，这种人事上的距离，使我明白了些说不分明的东西。此后关于说到军人，说到劳动者，在文章上我的观念或与往日完全不同了。

我那乡下有一样东西最值钱，又有一样东西最不值钱。我不告给你，你尽可同四丫头、九九，三人去猜，谁猜着了我回来时把她一样礼物。

  我在家中时除泻以外头总有点晕，脚也有点疼，上了船，我已不泻不疼，只是还有些些儿头晕。也许我刚才风吹得太久了点，我想睡睡会好些。如果睡到晚上还不见好，便是长途行旅、车船颠簸把头脑弄坏了的缘故。这不算大事，到了北平只要有你用手摸摸也就好了。

  我头晕得很，我想歇歇，可是船又在下滩了。

二哥
二点左右

山头夕阳极感动我,水底各色圆石也极感动我,我心中似乎毫无什么渣滓,透明烛照,对河水、对夕阳、对拉船人同船,皆那么爱着,十分温暖地爱着!

叁

摇摇晃晃的人间

  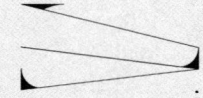

他们得靠水为生，明白水，比一般人更明白水的可怕处；但他们为了求生，却在每个日子里每一时间皆有向水中跳去的准备。

他们的欲望同悲哀都十分神圣，我不配用钱或别的方法渗进他们命运里去，扰乱他们生活上那一份应有的哀乐。

我还愿意再活十七年，重来看看我能看到难于想象的一切。

一个戴水獭皮帽子的朋友

我由武陵(常德)过桃源时,坐在一辆新式黄色公共汽车上。车从很平坦的沿河大堤公路上奔驶而去,我身边还坐定了一个懂人情有趣味的老朋友,这老友正特意从武陵县伴我过桃源县。他也可以说是一个"渔人",因为他的头上,戴的是一顶价值四十八元的水獭皮帽子,这顶帽子经过沿路地方时,却很能引起一些年轻娘儿们注意的。这老友是武陵地域中心春申君墓旁杰云旅馆的主人。常德、河洑、周溪、桃源,沿河近百里路以内"吃四方饭"的标致娘儿们,他无一不特别熟习;许多娘儿们也就特别熟习他那顶水獭皮帽子。但照他自己说,使他迷路的那点年龄业已过去了,如今一切已满不在乎,白脸长眉毛的女孩子再不使他心跳,水獭皮帽子,也并不需要娘儿们眼睛放光了。他今年还只三十五岁。十年前，在这一带地方凡有他撒野机会时，他从不放过那点机会。现在既已规规矩矩做了一个大旅馆的大老板，童心业已失去，就再也不胡闹了。当他二十五岁左右时，大约就有过一百个女人净白的胸膛被他亲近过。我坐在这样一个朋友的身边，想起国内无数中学生，在国文班上很认真地读陶靖节《桃花源记》情形，真觉得十分好笑。同这样一个朋友坐了汽车到桃源去，似乎太幽默了。

朋友还是个爱玩字画也爱说野话的人。从汽车眺望平堤远处，薄雾里错落有致的平田、房子、树木，全如敷了一层蓝灰，一切极爽心悦目。汽车在大堤上跑去，又极平稳舒服。朋友口中糅合了雅兴与俗趣，带点儿惊讶嚷道："这野杂种的景致，简直是画！"

"自然是画！可是是谁的画？"我说。"大哥，你以为是谁的画？"我意思正想考问一下，看看我那朋友对于中国画一方面的知识。

他笑了。"沈石田这狗养的，强盗一样好大胆的手笔！"说时还用手比画着，"这里一笔，那边一扫，再来磨磨蹭蹭，十来下，成了。"

我自然不能同意这种赞美,因为朋友家中正收藏了一个沈周手卷,姓名真,画笔并不佳,出处是极可怀疑的。说句老实话,当前从窗口入目的一切,潇洒秀丽中带点雄浑苍莽气概,还得另外找寻一句恰当的比拟,方能相称啊。我在沉默中的意见,似乎被他看明白了,他就说:"看,牸子①老弟你看,这点山头,这点树,那一片林梢,那一抹轻雾,真只有王麓台那野狗干的画得出。因为他自己活到八九十岁,就真像只老狗。"

这一下可被他"猜"中了。我说:"这一下可被你说中了。我正以为目前远远近近风物极和王麓台卷子相近,你有他的扇面,一定看得出。因为它很巧妙地混合了秀气与沉郁,又典雅,又恬静,又不做作。不过有时笔不免脏脏的。"

"好,有的是你这文章魁首的形容!人老了,不大肯洗脸洗手,怎么不脏?"接着他就使用了一大串野蛮字眼儿,把我喊作小公牛,且把他自己水獭皮帽子向上翻起的封耳,拉下来遮盖了那两只冻得通红的耳朵,于是大笑起来了。仿佛第一次所说的话,本不过是为了引起我对于窗外景致注意而说,如今

---

① 牸子:公牛。

见我业已注意，充满兴趣地看车窗外离奇景色，他便很快乐地笑了。

他掔着我的肩膊很猛烈地摇了两下，我明白那是他极高兴的表示。我说："牻子大哥，你怎么不学画呢？你一动手，就会弄得很高明的！"

"我讲，牻子老弟，别丢我吧。我也像是一个仇十洲，但是只会画妇人的肚皮，真像你说，'弄得很高明'的！你难道不知道我是个什么人吗？鼻子一抹灰，能冒充绣衣哥吗？"

"你是个妙人。绝顶的妙人。"

"绣衣哥，得了，什么庙人，寺人，谁来割我的××？我还预备割掉许多男人的××，省得他们装模作样，在妇人面前露脸！我讨厌他们那种样子！"

"你不讨厌的。"

"牻子老弟，有的是你这绣衣哥说的。不看你面上，我一定要……"

这个朋友言语行为皆粗中有细，且带点儿妩媚，可算得是个妙人！

这个人脸上不疤不麻，身个儿比平常人略长一点，肩膊宽宽的，且有两只体面干净的大手，初初一看，可以知道他是个军队中吃粮子上饭跑四方人物，但也可以说他是一个准绅士。从五岁起就欢喜同人打架，为一点儿小事，不管对面的一个大过他多少，也一面辱骂一面挥拳打去。不是打得人鼻青脸肿，就是被人打得满脸血污。但人长大到二十岁后，虽在男子面前还常常挥拳比武，在女人面前，却变得异常温柔起来，样子显得很懂事怕事。到了三十岁，处世便更谦和了，生平书读得虽不多，却善于用书，在一种近于奇迹的情形中，这人无师自通，写信办公事时，笔下都很可观。为人性情既随和又不马虎，一切看人来，在他认为是好朋友的，掏出心子不算回事。可是遇着另外一种老想占他一点儿便宜的人呢，就完全不同了。——也就因此在一般人中他的毁誉是平分的；有人称他为豪杰，也有人叫他作坏蛋。但不妨事，把两种性格两个人格拼合拢来，这人才真是一个活鲜鲜的人！

　　十三年前我同他在一只装军服的船上，向沅水上游开去，船当天从常德开头，泊到周溪时，天已快要夜了。那时空中正落着雪子，天气很冷，船顶船舷都结了冰。他为的是惦念到岸上一个长眉毛白脸庞小女人，便穿了崭新绛色缎子的猞猁皮马褂，从那为冰雪冻结了的大小木筏上慢慢地爬过去，一不小心便落了水。一面大声嚷"牯子老弟，这下我可完了"，一面还是笑着挣扎。待到努力从水中挣扎上船时，全身早已为冰冷的水弄湿了。但他换了一件新棉军服外套后，却依然很高兴地从木筏上爬拢岸边，到他心中惦念的那个女人身边睡觉去了。三年前，我因送一个朋友的孤雏转回湘西时，就在他的旅馆中，看了他的藏画一整天。他告我，有幅文徵明的山水，好得很，终于被一个小婊子婆娘攫走，十分可惜。到后一问，才知道原来他把那画卖了三百块钱，为一个小娼妇点蜡烛挂了一次衣。现在我又让那个接客的把行李搬到这旅馆中来了。

见面时我喊他："牯子大哥，我又来了，不认识我了吧。"

他正站在旅馆天井中分派用人抹玻璃，自己却用手抹着那顶绒头极厚的水獭皮帽子，一见到我就赶过来用两只手同我握手，握得我手指酸痛，大声说道："咳，咳，你这个小骚牯子又来了，什么风吹来的？妙极了，使人正想死你！"

"什么话，近来心里闲得想到北平城老朋友头上来了吗？"

"什么画，壁上挂，——当天赌咒，天知道，我正如何念你！"

这自然是一句真话，粮子上出身的人物，对好朋友说谎，原看成为一种罪恶。他想念我，只因为他新近花了四十块钱，买得一本倪元璐所摹写的武侯前后《出师表》。他既不知道这东西是从岳飞石刻《出师表》临来的，末尾那两颗巴掌大的朱红印记，把他更弄糊涂了。照外行人说来，字既然写得极其"飞舞"，四百也不觉得太贵，他可不明白那个东西应有的价值，又不明出处。花了那一笔钱，从一个川军退伍军官处把它弄到手，因此想着我来了。于是我们一面说点十年前的有趣野话，一面就到他的房中欣赏宝物去了。

这朋友年轻时，是个绿营中正标守兵名分的巡防军，派过中营衙门办事，在花园中栽花养金鱼。后来改做了军营里的庶务，又做过两次军需，又做过一次参谋。时间使一些英雄美人成尘成土，把一些傻瓜坏蛋变得又富又阔；同样的，到这样一个地方，我这个朋友，在一堆倏然而来倏然而逝的日子中，也就做了武陵县一家最清洁安静的旅馆主人，且同时成为爱好古玩字画的"风雅"人了。他既收买了数量可观的字画，还有好些铜器与瓷器，收藏的物件泥沙杂下，并不如何稀罕。但在那么一个小小地方，在他那种经济情形下，能力却可以说尽够人敬服了。若有什么风雅人由北方或由福建广东，想过桃源去看看，从武陵过身时，能泰然坦然把行李搬进他那个旅馆去，到了那个地方，看看过厅上的芦雁屏条，同长案上一切陈设，便会明白宾主之间实有同好，这一来，凡事皆好说了。

还有那向湘西上行过川黔考察方言歌谣的先生们，到武陵时最好就是到这个旅馆来下榻。我还不曾遇见过什么学者，比这个朋友更能明白中国格言谚语的用处。他说话全是活的，即便是荤话野话，也莫不各有出处，言之成章，而且妙趣百出，庄谐杂陈。他那言语比喻丰富处，真像是大河流水，永无穷尽。在那旅馆中住下，一面听他詈骂用人，一面使我就想起在北平城圈里编《国语大辞典》的诸先生，为一句话一个字的用处，把《水浒》《金瓶梅》《红楼梦》……以及其他所有元明清杂剧小说翻来翻去，剪破了多少书籍！若果他们能够来到这旅馆里，故意在天井中撒一泡尿，或装作无心的样子，把些瓜果皮壳脏东西从窗口随意抛出去，或索性当着这旅馆老板面前，做点不守规矩缺少理性的行为。好，等着你就听听那做老板的骂出稀奇古怪字眼儿，你会觉得原来这里还搁下了一本活生生大辞典！倘若有个社会经济调查团，想从湘西弄到点材料，这旅馆也是最好下榻的处所。因为辰河沿岸码头的税收、烟价、妓女，以及桐油、朱砂的出处行价，各个码头上管事的头目姓名脾气，他知道的也似乎比县衙门里"包打听"还更清楚。——他事情懂得多哩，只要想想，人还只在二十五岁左右，就有一百个青年妇人在他面前裸露过胸膛同心子，从一个普通读书人看来，这是一种如何丰富吓人的经验！

只因我已十多年不再到这条河上，一切皆极生疏了，他便特别热心答应伴送我过桃源，为我租雇小船，照料一切。

十二点钟我们从武陵动身，一点半钟左右，汽车就到了桃源县停车站。我们下了车，预备去看船时，几件行李成为极麻烦的问题了。老朋友说，若把行李带去，到码头边叫小划子时，那些吃水上饭的人，会"以逸待劳"，把价钱放在一个高点上，使我们无法对付。若把行李寄放到另外一个地方，空手去看船，我们便又"以逸待劳"了。我信任了老朋友的主张，照他的意思，一到桃源站，我们就把行李送到一个卖酒曲的人家去。到了那酒曲铺子，拿烟的是个四十岁左右的中年胖妇人，他的干亲家。倒茶的是个十五六岁的白脸长身头发黑亮亮的女孩子，腰身小，嘴唇小，眼目清明如两粒水晶球儿，见人只是转个不停。论辈数,说是干女儿呢。坐了一阵,两人方离开那人家洒着手下河边去。在河街上一个旧书铺里,一幅无名氏的山水小景牵引了他的眼睛,二十块钱把画买定了,再到河边去看船。船上人知道我是那个大老板的熟人,价钱倒很容易说妥了。来回去让船总写保单,取行李,一切安排就绪,时间已快到半夜了。我那小船明天一早方能开头,我就邀他在船上住一夜。他却说酒曲铺子那个十五年前老伴的女儿,正炖了一只母鸡等着他去消夜。点了一段废缆子,很快乐地跳上岸摇着晃着匆匆走去了。

他上岸从一些吊脚楼柱下转入河街时,我还听到河街一哨兵喊口号,他大声答着"百姓",表明他的身份。第二天天刚发白,我还没醒,小船就已向上游开动了。大约已经走了三里路,却听得岸上有个人喊我的名字,沿岸追来,原来是他从热被里脱出赶来送我的行的。船傍了岸。天落着雪。他站在船头一面抖去肩上雪片,一面质问弄船人,为什么船开得那么早。

我说:"牯子大哥,你怎么的,天气冷得很,大清早还赶来送我!"

他钻进舱里笑着轻轻地向我说:"牯子老弟,我们看好了的那幅画,我不想买了。我昨晚上还看过更好的一本册页!"

"什么人画的?"

"当然仇十洲。我怕仇十洲那杂种也画不出。牯子老弟,好得很……"话不说完他就大笑起来。我明白他话中所指了。

"你又迷路了吗?你不是说自己年纪已老了吗?"

"到了桃源还不迷路吗?自己虽老别人可年轻?牯子老弟,你好好地上船吧,不要胡思乱想我的事情,回来时仍住到我的旅馆里,让我再照料你上车吧。"

"一路复兴,一路复兴。"那么嚷着,于是他同豹子一样,一纵又上了岸,船就开了。

作于一九三四年

一个多情水手与一个多情妇人

我的小表到了七点四十分时,天光还不很亮。停船地方两山过高,故住在河上的人,睡眠仿佛也就可以多些了。小船上水手昨晚上吃了我五斤河鱼,鱼虽吃过,大约还记得着那吃鱼的原因,不好意思再睡,这时节业已起身,卷了铺盖,在烧水扫雪了。两个水手一面工作一面用野话编成韵语骂着玩着,对于恶劣天气与那些昨晚上能晃着火炬到有吊脚楼人家去同宽脸大奶子妇人纠缠的水手,含着无可奈何的妒忌。

大木筏都得天明时漂滩,正预备开头,寄宿在岸上的人已陆续下了河,与宿在筏上的水手们,共同开始从各处移动木料。筏上有斧斤声与大摇槌嘭嘭的敲打木桩声音。许多在吊脚楼寄宿的人,从妇人热被里脱身,皆在河滩大石间踉跄走着,回归船上。妇人们恩情所结,也多和衣靠着窗边,与河下人遥遥传述那种种"后会有期各自珍重"的话语。很显然的事,便是这些人从昨夜那点露水恩情上,已经各在那里支付分上一把眼泪与一把埋怨。想到这些眼泪与埋怨,如何揉进这些人的生活中,成为生活之一部分时,使人心中柔和得很!

第一个大木筏开始移动时,在八点左右。木筏四隅数十支大桡,泼水而前,筏上且起了有节奏的"唉"声。接着又移动了第二个。……木筏上的桡手,各在微明中画出一个黑色的轮廓。木筏上某一处必扬着一片红红的火光,火堆旁必有人正蹲下用钢罐煮水。

我的小船到这时节一切业已安排就绪,也行将离岸,向长潭上游溯江而上了。

只听到河下小船邻近不远某一只船上,有个水手哑着嗓子喊人:

"牛保,牛保,不早了,开船了呀!"

许久没有回答,于是又听那个人喊道:"牛保,牛保,你不来当真船开动了!"

再过一阵,催促的转而成为辱骂,不好听的话已上口了:

"牛保，牛保，狗×的，你个狗就见不得河街女人的×！"

吊脚楼上那一个，到此方仿佛初从好梦中惊醒，从热被里妇人手臂中逃出，光身跑到窗边来答着："宋宋，宋宋，你喊什么？天气还早咧。"

"早你的娘，人家木簰全开了，你×了一夜还尽不够！"

"好兄弟，忙什么？今天到白鹿潭好好地喝一杯！天气早得很！"

"天气早得很，哼，早你的娘！"

"就算是早我的娘吧。"

最后一句话，不过是我想象的。因为河岸水面那一个，虽尚呶呶不已，楼上那一个却业已沉默了。大约这时节那个妇人还卧在床上，也开了口："牛保，牛保，你别理他，冷得很！"因此即刻又回到床上热被里去了。

只听到河边那个水手喃喃地骂着各种野话，且有意识把船上家伙撞磕得很响。我心想：这是个什么样子的人，我倒应该看看他。且很希望认识岸上那一个。我知道他们那只船也正预备上行，就告给我小船上水手，不忙开头，等等同那只船一块儿开。

不多久，许多木筏离岸了，许多下行船也拔了锚，推开篷，着手荡桨摇橹了。我卧在船舱中，就只听到水面人语声，以及橹桨激水声，与橹桨本身被扳动时咿咿呀呀声。河岸吊脚楼上妇人在晓气迷蒙中锐声地喊人，正如同音乐中的笙管一样，超越众声而上。河面杂声的综合，交织了庄严与流动，一切真是一个圣境。

我出到舱外去站了一会儿。天已亮了，雪已止了，河面寒气逼人。眼看这些船筏各载上白雪浮江而下，这里那里扬着红红的火焰同白烟，两岸高山则直矗而上，如对立巨魔，颜色淡白，无雪处皆作一片墨绿。奇景当前，有不可形容的瑰丽。

一会儿，河面安静了。只剩下几只小船同两片小木筏，还无开头意思。

河岸上有个蓝布短衣青年水手，正从半山高处人家下来到一只小船上去。因为必须从我小船边过身，故我把这人看得清清楚楚。大眼，宽脸，鼻子短，宽阔肩膊下挂着两只大手（手上还提了一个棕衣口袋，里面填得满满的），走路时肩背微微向前弯曲，看来处处皆证明这个人是一个能干得力的水手！我就冒昧地喊他，同他说话："牛保，牛保，你玩得好！"谁知那水手当真就是牛保。

那家伙回过头来看看是我叫他,就笑了。我们的小船好几天以来,皆一同停泊,一同启碇,我虽不认识他,他原来早就认识了我的。经我一问,他有点害羞起来了。他把那口袋举起带笑说道:

"先生,冷呀!你不怕冷吗?我这里有核桃,你要不要吃核桃?"

我以为他想卖给我些核桃,不愿意扫他的兴,就说我要,等等我一定向他买些。

他刚走到他自己那只小船边,就快乐地唱起来了。忽然税关复查处比邻吊脚楼人家窗口,露出一个年轻妇人鬓发散乱的头颅,向河下人锐声叫将起来:"牛保,牛保,我同你说的话,你记着吗?"

年轻水手向吊脚楼一方把手挥动着。

"唉,唉,我记得到!……冷!你是怎么的啊!快上床去!"

大约他知道妇人起身到窗边时,是还不穿衣服的。

妇人似乎因为一番好意不能使水手领会,有点不高兴的神气。

"我等你十天，你有良心，你就来——"说着，"砰"的一声把格子窗放下了。这时节眼睛一定已红了。

那一个还向吊脚楼喃喃说着什么，随即也上了船。我看看，那是一只深棕色的小货船。

我的小船行将开头时，那个青年水手牛保却跑来送了一包核桃。我以为他是拿来卖给我的，赶快取了一张值五角的票子递给他。这人见了钱只是笑。他把钱交还，把那包核桃从我手中抢了回去。

"先生，先生，你买我的核桃，我不卖！我不是做生意人。（他把手向吊脚楼指了一下，话说得轻了些。）那婊子同我要好，她送我的。送了我那么多，还有栗子、干鱼。还说了许多痴话，等我回来过年咧……"

慷慨原是辰河水手一种通常的性格。既不要我的钱，皮箱上正搁了一包烟台苹果，我随手取了四个大苹果送给他，且问他："你回不回来过年？"

他只笑嘻嘻地把头点点，就带了那四个苹果飞奔而去。我要水手开了船。小船已开到长潭中心时，忽然又听到河边那个哑嗓子在喊嚷：

"牛保,牛保,你是怎么的?我×你的妈,还不下河,我翻你的三代,还……"

一会儿,一切皆沉静了,就只听到我小船船头分水的声音。

听到水手的辱骂,我方明白那个快乐多情的水手,原来得了苹果后,并不即返船,仍然又到吊脚楼人家去了。他一定把苹果献给那个妇人,且告给妇人这苹果的来源,说来说去,到后自然又轮着来听妇人说的痴话,所以把下河的时间完全忘掉了。

小船已到了辰河多滩的一段路程,长潭尽后就是无数大滩小滩。河水半月来已落下六尺,雪后又照例无风,较小船只即或可以不从大漕上行,沿着河边浅水处走去也依然十分费事。水太干了,天气又实在太冷了点。我伏在舱口看水手们一面骂野话,一面把长篙向急流乱石间掷去,心中却念及那个多情水手。船上滩时浪头俨然只想把船上人攫走。水流太急,故常常眼看业已到了滩头,过了最紧要处,但在抽篙换篙之际,忽然又会为急流冲下。河水又大又深,大浪头拍岸时常如一个小山,但它总使人觉得十分温和。河水可同一股火,太热情了一点,时时刻刻皆想把人攫走,且仿佛完全只凭自己意见做去。但古怪的是这些弄船人，他们逃避激流同漩水的方法十分巧妙。他们得靠水为生，明白水，比一般人更明白水的可怕处；但他们为了求生，却在每个日子里每一时间皆有向水中跳去的准备。小船一上滩时，就不能不向白浪里钻去，可是他们却又必有方法从白浪里找到出路。

在一个小滩上，因为河面太宽，小漕河水过浅，小船缆绳不够长不能拉纤，必须尽手足之力用篙撑上，我的小船一连上了五次皆被急流冲下。船头全是水。到后想把船从对河另一处大漕走去，漂流过河时，从白浪中钻出钻进，篷上也沾了水。在大漕中又上了两次，还花钱加了个临时水手，方把这只小船弄上滩。上过滩后问水手是什么滩，方知道这滩名"骂娘滩"（说野话的滩）。即或是父子弄船，一面弄船也一面得互骂各种野话，方可以把船弄上滩口。

一整天小船尽是上滩，我一面欣赏那些从船舷驰过急于奔马的白浪，一面便用船上的小斧头，剥那个风流水手见赠的核桃吃。我估想这些硬壳果，说不定每一颗还都是那吊脚楼妇人亲手从树上摘下，用鞋底揉去一层苦皮，再一一加以选择，放到棕衣口袋里来的。望着那些棕色碎壳，那妇人说的"你有良心你就赶快来"一句话，也就尽在我耳边响着。那水手虽然这时节或许正在急水滩头趴伏到石头上拉船，或正脱了裤子涉水过溪，一定却记忆着吊脚楼妇人的一切，心中感觉十分温暖。每一个日子的过去，便使他与那妇人接近一点点。十天完了，过年了，那吊脚楼上，照例门楣上全贴了红喜钱，被捉的雄鸡啊呵呵呵地叫着。雄鸡宰杀后，把它向门角落抛去，只听到翅膀扑地的声音。锅中蒸了一笼糯米，热气腾腾地倒入大石臼中，两人就开始在大石臼里捣将起来。一切事都是两个人共力合作，一切工作中都掺和有笑谑与善意的诅咒。于是当真过年了。又是叮咛与眼泪，在一份长长的日子里有所期待，留在船上另一个放声地辱骂催促着，方下了船，又是核桃与栗子，干鲤鱼与……

到了午后，天气太冷，无从赶路。时间还只三点左右，我的小船便停泊了。停泊地方名为杨家岨，依然有吊脚楼，飞楼高阁悬在半山中，结构美丽悦目。小船傍在大石边，只须一跳就可以上岸。岸上吊脚楼前枯树边，正有两个妇人，穿了毛蓝布衣裳，不知商量些什么，幽幽地说着话。这里雪已极少，山头皆裸露作深棕色，远山则为深紫色。地方静得很，河边无一只船，无一个人，无一堆柴。不知河边哪一块大石后面，有人正在捶捣衣服，一下一下地捣。对河也有人说话，却看不清楚人在何处。

小船停泊到这些小地方，我真有点担心。船上那个壮年水手，是一个在军营中开过小差做过种种非凡事情的人物，成天在船上只唱着"过了一天又一天，心中好似滚油煎"，若误会了我箱中那些带回湘西送人的信笺信封，以为是值钱的东西，在唱过了埋怨生活的戏文以后，转念头来玩个新花样，说不定我还不及被询问"吃板刀面或吃云吞"以前，就被他解决了。这些事我倒不怎么害怕，凡是蠢人做出的事我不知道什么叫吓怕的。只是有点儿担心，因为若果这个人做出了这种蠢事，我完了，他跑了，这地方可糟了。地方既属于我那些同乡军官大老管辖，就会把他们可忙坏了。

我盼望牛保那只小船赶来，也停泊到这个地方，一面可以不用担心，一面还可以同这个有人性的多情水手谈谈。

直等到黄昏，方来了一只邮船，靠着小船下了锚。过不久，邮船那一面有个年轻水手嚷着要支点钱上岸去吃"荤烟"，另一个管事的却不允许，两人便争吵起来了。只听到年轻的那一个呶呶絮语,声音神气简直同大清早上那个牛保一个样子。到后来,这个水手负气,似乎空着个荷包,也仍然上岸过吊脚楼人家去了。过了一会儿还不见他回船,我很想知道一下他到了那里做些什么事情,就要一个水手为我点上一段废缆,晃着那小小火把,引导我离了船,爬了一段小小山路,到了所谓河街。

五分钟后,我与这个穿绿衣的邮船水手,一同坐到一个人家正屋里火堆旁,默默地在烤火了。面前一个大油松树根株,正伴同一饼油渣,熊熊地燃着快乐的火焰。间或有人用脚或树枝拨了那么一下,便有好看的火星四散惊起。主人是一个中年妇人,另外还有两个老妇人,不断向水手提出种种问题,且把关于下河的油价、木价、米价、盐价,一件一件来询问他,他却很散漫地回答,只低下头望着火堆。从那个颈项同肩膊,我认得这个人性格同灵魂,竟完全同早上那个牛保一样。我明白他沉默的理由,一定是船上管事的不给他钱,到岸上来赊烟不到手。他那闷闷不乐的神气,可以说是很妩媚。我心想请他一次客,又不便说出口。到后机会却来了。门开处进来了一个年事极轻的妇人,头上裹着大格子花布首巾,身穿葱绿色土布袄子,挂着一条蓝色围裙,胸前还绣了一朵小小白花。那年轻妇人把两只手插在围裙里,轻脚轻手进了屋,就站在中年妇人身后。说真话,这个女人真使我有点儿惊讶。我似乎在什么地方另一时节见着这样一个人,眼目鼻子皆仿佛十分熟习。若不是当真在某一处见过,那就必定是在梦里了。公道一点说来,这妇人是个美丽得很的生物!

最先我以为这小妇人是无意中撞来玩玩,听听从下河来的客人谈谈下面事情,安慰安慰自己寂寞的。可是一瞬间,我却明白她是为另一件事而来的了。屋主人要她坐下,她却不肯坐下,只把一双放光的眼睛尽瞅着我,待到我抬起头去望她时,那眼睛却又赶快逃避了。她在一个水手面前一定没有这种羞怯,为这点羞怯我心中有点儿惆怅,引起了点儿怜悯。这怜悯一半给了这个小妇人,却留下一半给我自己。

那邮船水手眼睛为小妇人放了光,很快乐地说:"夭夭,夭夭,你打扮得真像个观音!"

那女人抿嘴笑着不理会,表示这点阿谀并不稀罕,一会儿方轻轻地说:"我问你,白师傅的大船到了桃源不到?"

邮船水手回答了,妇人又轻轻地问:"杨金保的船?"

邮船水手又回答了,妇人又继续问着这个那个。我一面向火一面听他们说话，却在心中计算一件事情。小妇人虽同邮船水手谈到岁暮年末水面上的情形，但一颗心却一定在另外一件事情上驰骋。我几乎本能地就感到了这个小妇人是正在对我怀着一点痴想头的。不用惊奇，这不是稀奇事情。我们若稍懂人情，就会明白一张为都市所折磨而成的白脸，同一件称身软料细毛衣服，在一个小家碧玉心中所能引起的是一种如何幻想，对目前的事也便不用多提了。

对于身边这个小妇人，也正如先前一时对于身边那个邮船水手一样，我想不出用个什么方法，就可以使这个有了点儿野心与幻想的人，得到她所要得到的东西。其实我在两件事上皆不能再吝啬了，因为我对于他们皆十分同情。但试想想看，倘若这个小妇人所希望的是我本身，我这点同情，会不会引起五千里外另一个人的苦痛？

我笑了。

……假若我给这水手一笔钱，让这小妇人同他谈一个整夜？

我正那么计算着，且安排如何来给那个邮船水手的钱，使他不至于感觉难为情。忽然听那年轻妇人问道："牛保那只船？"

那邮船水手吐了一口气:"牛保的船吗,我们一同上骂娘滩,溜了四次。末后船已上了滩,那拦头的伙计还同他在互骂,且不知为什么互相用篙子乱打乱转起来,船又溜下滩去了。看那样子不是有一个人落水,就得两个人同时落水。"

有谁发问:"为什么?"

邮船水手感慨似的说:"还不是为那一张×!"

几人听着这件事,皆大笑不已。那年轻小妇人,却长长地吁了一口气。

忽然河街上有个老年人嘶声地喊人:"夭夭小婊子,小婊子婆,卖×的,你是怎的,夹着那两片小×,一眨眼又跑到哪里去了!你来!……"

小妇人听门外街口有人叫她,把小嘴收敛做出一个爱娇的姿势,带着不高兴的神气自言自语说:"叫骡子又叫了。你就叫吧。夭夭小婊子偷人去了!投河吊颈去了!"咬着下唇很有情致地盯了我一眼,拉开门,放进了一阵寒风,人却冲出去,消失到黑暗中不见了。

那邮船水手望了望小妇人去处那扇大门,自言自语地说:"小婊子偏偏嫁老烟鬼,天晓得!"

于是大家便来谈说刚才走去那个小妇人的一切。屋主中年妇人，告给我那小妇人年纪还只十九岁，却为一个年过五十的老兵所占有。老兵原是一个烟鬼，虽占有了她，只要谁有土有财就让床让位。至于小妇人呢，人太年轻了点，对于钱毫无用处，却似乎常常想得很远很远。屋主人且为我解释很远很远那句话的意思，给我证明了先前一时我所感觉到的一件事情的真实。原来这小妇人虽生在不能爱好的环境里，却天生有种爱好的性格。老烟鬼用名分缚着了她的身体，然而那颗心却无从拘束。一只船无意中在码头边停靠了，这只船又恰恰有那么一个年轻男子，一切派头都和水手不同，夭夭那颗心，将如何为这偶然而来的人跳跃！屋主人所说的话，增加了我对于这个年轻妇人的关心。我还想多知道一点，请求她告给我，我居然又知道了些不应当写在纸上的事情。到后来，谈起命运，那屋主人沉默了，众人也沉默了。各人眼望着熊熊的柴火，心中玩味着"命运"这个字的意义，而且皆俨然有一点儿痛苦。

我呢，在沉默中体会到一点"人生"的苦味。我不能给那个小妇人什么，也再不做给那水手一点点钱的打算了。我觉得他们的欲望同悲哀都十分神圣，我不配用钱或别的方法渗进他们命运里去，扰乱他们生活上那一份应有的哀乐。

下船时，在河边我听到一个人唱《十想郎》小曲，曲调卑陋，声音却清圆悦耳。我知道那是由谁口中唱出且为谁唱的。我站在河边寒风中痴了许久。

作于一九三四年

五个军官与一个煤矿工人

辰河弄船人有两句口号,旅行者无人不十分熟习。那口号是:"走尽天下路,难过辰溪渡。"事实上辰溪渡也并不怎样难过,不过弄船人所见不广,用纵横长约千里路一条辰河与七个支流小河作准,因此说出那么两句天真话罢了。地险人蛮却为一件事实。但那个地方,任何时节实在是一个令人神往倾心的美丽地方。

辰溪县的位置,恰在两条河流的交汇处,小小石头城临水倚山,建立在河口滩脚崖壁上。河水深到三丈尚清可见底。河面长年来往着湘黔边境各种形体美丽的船只。山头为石灰岩,无论晴雨,总可见到烧石灰人窑上飘扬的青烟与白烟。房屋多黑瓦白墙,接瓦连椽紧密如精巧图案。对河与小山城成犄角,上游是一个三角形小阜,阜上有修船造船的干坞与宽坪。位再下游一点,则为一个三角形黑色山嘴,濒河拔峰,山脚一面接受了沅水激流的冲刷,一面被麻阳河长流的淘洗,岩石玲珑透空。半山有个壮丽辉煌的庙宇,名"丹山寺",庙宇外岩石间且有成千大小不一的浮雕石佛。太平无事的日子,每逢佳节良辰,当地驻防长官、县知事、小乡绅及商会主席、税局头目,便乘小船过渡到那个庙宇里饮酒赋诗或玩牌下棋。在那个悬岩半空的庙里,可以眺望上行船的白帆,听下行船摇橹人唱歌。街市尽头下游便是一个长潭,名"斤丝潭",历来传说,水深到放一斤丝线才能到底。两岸皆五色石壁,矗立如屏障一般。长潭中日夜必有成百只打鱼船,载满了黑色沉默的鱼鹰,浮在河面取鱼。小船挹流而渡,艰难处与美丽处实在可以平分。

地方又出煤炭,是湘西著名产煤区。似乎无处无煤,故山前山后随处可见到用土法开掘的煤井。沿河两岸常有运煤船停泊,码头间无时不有若干黑脸黑手脚汉子,把大块烟煤运送到船上,向船舱中抛去。若过一个取煤斜井边去,就可见到无数同样黑脸黑手脚人物,全身光裸,腰前围上一片破布,头上戴了一盏小灯,向那个俨若地狱的黑井爬进爬出。矿坑随时皆可以坍陷或被水灌入,坍了,淹了,这些到地狱讨生活的人自然也就完事了。

矿区同小山城各驻扎了相当军队。七年前,有一天晚上,一名哨兵扛了枪支,正从一个废弃了的煤井前面经过,忽然从黑暗里跃出了一个煤矿工人,一菜刀把那个哨兵头颅劈成两爿。这煤矿工人很敏捷地把枪支同子弹取下后,便就近埋藏在煤渣里。哨兵尸身被拖到那个浸了半井黑水的煤井边,"咚"的一声抛下去了。这个哨兵失了踪,军营里当初还以为人开了小差,照例下令各处通缉。直等到两个半月以后,尸身为人在无意中发现时,那个狡猾强悍的煤矿工人,在辰溪与芷江两县交界处的土匪队伍中称小舵把子,干打家劫舍捉肥羊的生涯已多日了。

三年后,这煤矿工人带领了约两千穷人,又在一种十分敏捷的手段下,占领了那个辰溪的小山城。防军受了相当损失,把其余部队集中在对河产煤区,准备反攻。一切船只不是逃往下游便是被防军扣留,河面一无所有,异常安静。上下行商船一律停顿到上下三五十里码头上,最美观的木筏也不能在河面见着了。煤矿全停顿了,烧石灰人也逃走了。白日里静悄悄的,只间或还可听到一两声哨兵放冷枪声音。每日黄昏里及天明前后,两方面都担心敌人渡河袭击,便各在河边燃了大大的火堆,且把机关枪哔哔剥剥地放了又放。当机关枪如拍簸箕那么反复作响时,一些逃亡在山坳里的平民,以及被约束在一个空油坊里的煤矿工人,便各在沉默里,从枪声方面估计两方的得失。多数人虽明白这战争不出一个月必可结束,落草为寇的仍然逃入深山,驻防的仍然收复了原有防地。但这战事一延长,两方面的牺牲,谁也就不能估计得到了。

每次机关枪的响声下,照例必有防军方面渡江奇袭的船只过河。照例是五个八个一伙伏在船舱里,把水湿棉絮同砂包垒积到船头与船旁,乘黄昏天晓薄雾平铺江面时挹流偷渡。船只在沉默里行将到达岸边时,在强烈的手电筒搜索中被发现了,于是响了机关枪。船只仍然不顾一切在沉默中向岸边划去。再过一会,"訇"的一声,从船上掷出的手榴弹已抛到岸边哨兵防御工事边。接着两方面皆起了机关枪声音,手榴弹也继续爆炸着。再过一阵,枪声已停止,很显然地,渡河的在猛烈炮火下,地势不利失败了。这些人或连同船只沉到水中去了,或已拢岸却依然在悬崖下牺牲了,或被炮火所逼,船中人死亡将尽,剩余一个两个受了伤,尽船只向下游漂去,在五里外的长潭中,方有机会靠拢自己防地那一个岸边。

半月以内,防军在渡头上下三里前后牺牲了大约有三连实力,与三十七只大小船只。到后却有五个教导团的年轻学兵,在大雨中带了五支自动步枪、一堆手榴弹、三支连槽,用竹筏渡河,拢岸时,首先占领了土匪沿河一个重要码头,其余竹筏已陆续渡河,从占领处上了岸。在一场剧烈凶猛巷战中,那矿工统率的穷人队伍不能支持,在街头街尾一些公共建筑各处放了火,便带了残余部众,绑着县长同几个当地绅士,向东乡逃跑了。

三个月内,防军在继续追剿中,解决了那个队伍全部的实力,肉票也皆被夺回了。但那个矿工出身土匪首领的漏网,却成为地方当局忧虑不安的事情。到后来虽悬赏探听明白了他的踪迹,却无方法可以诱出逮捕。

五个青年教导团学兵,那时节业已毕业,升了各连的见习,尚未归连。就请求上司允许他们冒一次险,且向上司说明这冒险的计划。

七天以后,辰溪沅州两县边境名为"窑上"的地方,一个制砖人小饭铺里，就有五个人吃饭。五个人全作贵州商人装束，其中有四个各扛了小扁担，扛了担贵州出产的松皮纸。只一人挑了一担有盖箩筐。这制砖人年纪已开六十岁，早为防军侦探明白是那个矿工的通信联络人。年轻人把饭吃过后，几人便互相商量到一件事情。所说的话自然就是故意想让那老头子从一旁听去的话。这时节几个人正装扮成为一群从黔省来投靠那矿工的零伙，箩筐里白米下放的是一支已拆散了的捷克式轻机关枪同若干发子弹。箩筐中真是那玩意儿！几人一面说，一面埋怨这次来到这里的冒昧处。一片谎话把那个老奸巨猾的心说动了后，那老的搭讪着问了些闲话，相信几人真是来卖身投靠的同道了，就说他会卜课。他为卜了一课，那卦上说，若找人，等等向西方走去，一定可以遇到他们所要见的人。等待几人离开了饭铺向西走去时，制砖人早把这个消息递给了另一方面。两方面都十分得意，以为对面的一个上了套。

因此几个人不久就同一个"管事"在街口会了面。稍稍一谈，把箩筐盖甩去一看，机关枪赫然在箩筐里。管事的再不能有何种疑虑了。就邀约五个人入山去见"龙头"，吃血酒发誓，此后便祸福与共，一同做梁山上弟兄。几个年轻人却说"光棍心多，请莫见怪"，以为最好倒是约"龙头"来窑上吃血酒发誓，再共同入山。管事的走去后，几个人就依然住在窑上制砖人家里等候消息。

第二天，那个机智结实矿工，带领四个散伙弟兄来到了窑上，见面后，很亲热地一谈，见得十分投契，点了香烛，杀了鸡，把鸡血开始与烧酒调和，各人正预备喝下时，在非常敏捷行为中，五个年轻人各从身边取出了手枪同小宝（解首刀）动起手来，几个从山中来的豹子，在措手不及情形中全被放翻了。那矿工最先手臂和大腿各中了一枪，早躺在地下血泊里，等到其他几个人倒下时，那矿工就冷冷地向那五个年轻人笑着说："弟兄，弟兄，你们手脚真麻利！慢一会儿，就应归你们躺到这里了。我早就看穿了你们的诡计，明白你们是从哪儿来的卖客，好胆量！"

几个年轻人不说什么，在沉默里把那些被放翻在地下的人首级一一割下。轮到矿工时，那矿工仍然十分沉静地说："弟兄，弟兄，不要尽做蠢事，留一个活口，你们好回去报功！"

五个年轻人心想，真应该留一个活的，好去报功。就不说什么把他捆绑起来。

一会儿,五个年轻人便押了受伤的矿工,且勒迫那个制砖的老头子挑了四个人头,沉默地一列回辰溪县了。走到去辰溪不远的白羊河时,几人上了一只小船。

船到了辰溪上游约三里路,那个受伤的矿工又开了口:"弟兄,弟兄,一切是命。你们运气好,手面子快,好牌被你们抓上手了。那河边煤井旁,我还埋了四支连槽,爽性助和你们,你们谁同我去拿来吧。"

那煤矿原来去山脚不远,来回有二十分钟就可以了事。五个年轻人对于这提议毫不疑惑。矿工既已身受重伤,无法逃遁,四支连槽照市价值一千块钱,引起了几个年轻人的幻想,商量派谁守船都不成,于是五个人就又押了那个受伤矿工与制砖老头子,一同上了岸。走近一个废坑边,那矿工却说,枪支就埋在坑前左边一堆煤滓里。

正当几个人争着去翻动煤滓寻取枪支时,矿工一瘸一拐地走近了那个业已废弃多年的矿井边,声音朗朗地从容地说道:"弟兄,弟兄,对不起,你们送了我那么多远路,有劳有偏了!"话一说完,猛然向那深井里跃去。几个人赶忙抢到井边时,只听到"冬"的一声,那矿工便完事了。

五个青年人呆了许久,骂了许久,皆觉得被骗了一次,白忙了一阵。那废井深约四十米,有一半已灌了水。七年前那个哨兵,就是被矿工从这个井口抛下去的。

作于一九三四年

老 伴

　　我平日想到泸溪县时,回忆中就浸透了摇船人催橹歌声,且被印象中一点儿小雨,仿佛把心也弄湿了。这地方在我生活史中占了一个位置,提起来真使我既痛苦又快乐。

　　泸溪县城介于辰州与浦市两地中间,上距浦市六十里,下达辰州也恰好六十里。四面是山,对河的高山逼近河边,壁立拔峰,河水在山峡中流去。县城位置在洞河与沅水汇流处,小河泊船贴近城边,大河泊船去城约三分之一里。(洞河通称小河,沅水通称大河。)

　　洞河来源远在苗乡,河口长年停泊了五十只左右小小黑色洞河船。弄船者有短小精悍的花帕苗,头包格子花帕,腰围短短裙子。有白面秀气的所里①人，说话时温文尔雅，一张口又善于唱歌，洞河既水急山高，河身转折极多，上行船到此已不适宜于借风使帆。凡入洞河的船只，到了此地，便把风帆约成一束，做上个特别记号，寄存于城中店铺里去，等待载货下行时，再来取用。由辰州开行的沅水商船，六十里为一大站，停靠泸溪为必然的事。浦市下行船若预定当天赶不到辰州，也多在此过夜。然而上下两个大码头把生意全已抢去，每天虽有若干船只到此停泊，小城中商业却清淡异常。沿大河一方面，一个稍稍像样的青石码头也没有。船只停靠都得在泥滩与泥堤下，落了小雨，上岸下船不知要滑倒多少人！

十七年前的七月里，我带了"投笔从戎"的味儿，在一个"龙头大哥"兼"保安司令"的带领下，随同八百乡亲，乘了从高村抓封得到的二十来只大小船舶，浮江而下，来到了这个地方。靠岸停泊时正当傍晚，紫绛山头为落日镀上一层金色，乳色薄雾在河面流动。船只拢岸时摇船人照例促橹长歌，那歌声糅合了庄严与瑰丽，在当前景象中，真是一曲不可形容的音乐。

---

① 所里：今湖南吉首。

第二天，大队船只全向下游开拔去了，抛下了三只小船不曾移动。两只小船装的是旧棉军服，另一只小船，却装了十三名补充兵，全船中人年龄最大的一个十九岁，极小的一个十三岁。十三个人在船上实在太挤了！船既不开动，天气又正热，挤在船上也会中暑发痧。因此许多人白日里尽光身泡在长河清流中，到了夜里，便爬上泥堤去睡觉。一群小子身上全是空无所有，只从城边船户人家讨来一大捆稻草，各自扎了一个草枕，在泥堤上仰面躺了五个夜晚。

这件事对于我个人不是一个坏经验。躺在尚有些微余热的泥土上，身贴大地，仰面向天，看尾部闪放宝蓝色光辉的萤火虫匆匆促促飞过头顶。沿河是细碎人语声，蒲扇拍打声，与烟杆剥剥的敲着船舷声。半夜后天空有流星曳了长长的光明下坠。滩声长流，如对历史有所陈诉埋怨。这一种夜景，实是我终身不能忘掉的夜景！

到后落雨了，各人竞上了小船。白日太长，无法排遣，各自赤了双脚，冒着小雨，从烂泥里走进县城街上去观光。大街头江西人经营的布铺，铺柜中坐了白发皤然老妇人，庄严沉默如一尊古佛。大老板无事可做，只腆着个肚皮，叉着两手，把脚拉开成为八字,站在门限边对街上檐溜出神。窄巷里石板砌成的行人道上,小孩子扛了大而朴质的雨伞,响着寂寞的钉鞋声。待到回船时,各人身上业已湿透,就各自把衣服从身上脱下,站在船头相互帮忙拧去雨水。天夜了,便满船是呛人的油气与柴烟。

在十三个伙伴中我有两个极要好的朋友。其中一个是我的同宗兄弟,名叫沈万林。年纪顶大,与那个在常德府开旅馆头戴水獭皮帽子的朋友,原本同在一个中营游击衙门里服务当差,终日栽花养金鱼,事情倒也从容悠闲。只是和上面管事头目合不来,忽然对职务厌烦起来,把管他的头目痛打了一顿,自己也被打了一顿,因此就与我们做了同伴。其次是那个年纪顶轻的,名字就叫"傩右",一个赵姓成衣人的独生子,为人伶俐勇敢,稀有少见。家中虽盼望他能承继先人之业,他却梦想做个上尉副官,头戴金边帽子,斜斜佩上条红色值星带,站在副官处台阶上骂差弁,以为十分神气。因此同家中吵闹了一次,负气出了门。这小孩子年纪虽小,心可不小!

同我们到县城街上转了三次,就看中了一个绒线铺的和他年龄差不多的女孩子,问我借钱向那女孩子买了三次白棉线草鞋带子。他虽买了不少带子,那时节其实连一双多余的草鞋都没有,把带子买得同我们回转船上时,他且说:"将来若作了副官,当天赌咒,一定要回来讨那女孩子做媳妇。"那女孩子名叫"翠翠",我写《边城》故事时,弄渡船的外孙女,明慧温柔的品性,就从那绒线铺小女孩印象而来。我们各人对于这女孩子印象似乎都极好,不过当时却只有他一个人特别勇敢天真,好意思把那一点糊涂希望说出口来。

日子过去了三年,我那十三个同伴,有三个人由驻防地的辰州请假回家去,走到泸溪县境驿路上,出了意外的事情,各被土匪砍了二十余刀,流一摊血倒在大路旁死掉了。死去的三人中,有一个就是我那同宗兄弟。我因此得到了暂时还家的机会。

那时节军队正预备从鄂西开过四川就食,部队中好些年轻人一律被遣送回籍。那保安司令官意思就在让各人的父母负点儿责:以为一切是命的,不妨打发小孩子再归营报到,担心小孩子生死的,自然就不必再来了。

我于是和那个伙伴并其他二十多个年轻人,一同挤在一只小船中,还了家乡。小船上行到泸溪县停泊时,虽已黑夜,两人还进城去拍打那人家的店门，从那个女孩手中买了一次白带子。到家不久，这小子大约不忘却做副官的好处，借故说假期已满，同成衣人爸爸又大吵了一架，偷了些钱，独自走下辰州了。我因家中无事可做，不辞危险也坐船下了辰州。我到得辰州老参将衙门报到时，方知道本军部队四千人，业已于四天前全部开拔过四川，所有相熟伙伴完全走尽了。我们已不能过四川，改成为留守处人员。留守处只剩下一个上尉军需官，一个老年上校副官长，一个跛脚中校副官，以及两班新刷下来的老弱兵士。傩右被派作勤务兵，我的职务为司书生，两人皆在留守处继续供职。两人既受那个副官长管辖，老军官见我们终日坐在衙门里梧桐树下唱山歌，以为我们应找点正经事做做，就想出个巧办法，派遣两人到附近城外荷塘里去为他钓蛤蟆。两人一面钓蛤蟆一面谈天，我方知道他下行时居然又到那绒线铺买了一次带子。我们把蛤蟆从水荡中钓来，剥了皮洗刷得干干净净后，用麻线捆着那东西小脚，成串提转衙门时，老军官就加上作料，把一半熏了下酒，剩下一半还托同乡带回家中去给老太太享受，我们这种工作一直延长到秋天，才换了另外一种。

过了约一年，有一天，川边来了个特急电报：部队集中驻扎在湖北边上来凤小县城里，正预备拉夫派捐回湘，忽然当地切齿发狂的平民，受当地神兵煽动，秘密约定由神兵带头打先锋，发生了民变，各自拿了菜刀、镰刀、撇麻砍柴刀，大清早分头猛扑各个驻军庙宇和祠堂来同军队作战。四千军队在措手不及情形中，一早上就放翻了三千左右。总部中除那个保安司令官同一个副官侥幸脱逃外，其余所有高级官佐职员全被民兵砍倒了。（事后闻平民死去约七千，半年内小城中随处还可以发现白骨）。这通电报在我命运上有了个转机，过不久，我就领了三个月遣散费，离开辰州，走到出产香草香花的芷江县，每天拿了个紫色木戳，过各屠桌边验猪羊税去了。所有八个伙伴已在川边死去，至于那个同买带子同钓蛤蟆的朋友呢，消息当然从此也就断绝了。

整整过去十七年后，我的小船又在落日黄昏中，到了这个地方停靠下来。冬天水落了些，河水去堤岸已显得很远，裸露出一大片干枯泥滩。长堤上有枯苇刷刷作响，阴背地方还可看到些白色残雪。石头城恰当日落一方，雉堞与城楼皆为夕阳落处的黄天衬出明明朗朗的轮廓。每一个山头仍然镀上了金，满河是橹歌浮动，（就是那使我灵魂轻举永远赞美不尽的歌声！）

我站在船头，思索到一件旧事，追忆及几个旧人。黄昏来临，开始占领了整个空间。远近船只全只剩下一些模糊轮廓，长堤上有一堆一堆人影子移动。邻近船上炒菜落锅声音与小孩哭声杂然并陈。忽然间，城门边响了一声卖糖人的小锣，"铛……"一双发光乌黑的眼珠，一条直直的鼻子，一张小口，从那一槌小锣声中重现出来。我忘了这份长长岁月在人事上所发生的变化，恰同小说书本上角色一样，怀了不可形容的童心，上了堤岸进了城。城中接瓦连椽的小小房子，以及住在这小房子里的人民，我似乎与他们都十分相熟。时间虽已过了十七年，我还能认识城中的道路，辨别城中的气味。我居然没有错误，不久就走到那绒线铺门前了。恰好有个船上人来买棉线，当他推门进去时，我紧跟着进了那个铺子。有这样稀奇的事情吗？我见到的不正是那个女孩吗？我真惊讶得说不出话来。十七年前那小女孩就成天站在铺柜里一垛棉纱边，两手反复交换动作挽她的棉线，目前我所见到的，还是那么一个样子。难道我如浮士德一样，当真回到了那个"过去"了吗？我认识那眼睛、鼻子和薄薄的小嘴。我毫不含糊，敢肯定现在的这一个就是当年的那一个。

"要什么呀?"就是那声音,也似乎与我极其熟习。

我指定悬在钩上一束白色东西:"我要那个!"

如今真轮到我这老军务来购买系草鞋的白棉纱带子了!当那女孩子站在一个小凳子上,去为我取钩上货物时,铺柜里火盆中有茶壶沸水声音,某一处有人吸烟声音。女孩子辫发上缠的是一绺白绒线,我心想:"死了爸爸还是死了妈妈?"火盆边茶水沸了起来,小隔扇门后面有个男子哑声说话:"小翠,小翠,水开了,你怎么的?"女孩子虽已即刻很轻捷灵便地跳下凳子,把水罐挪开,那男子却仍然走出来了。

真没有再使我惊讶的事了,在黄晕晕的煤油灯光下,我原来又见到了那成衣人的独生子,这人简直可说是一个老人。很显然的,时间同鸦片烟已毁了他。但不管时间同鸦片烟在这男子脸上刻下了什么记号,我还是一眼就认定这人便是那一再来到这铺子里购买带子的傩右。从他那点神气看来,却决猜不出面前的主顾,正是同他钓蛤蟆的老伴。这人虽做不成副官,另一糊涂希望可终究被他达到了。我憬然觉悟他与这一家人的关系,且明白那个似乎永远年青的女孩子是谁的儿女了。我被"时间"意识猛烈地捆了一巴掌,摩摩我的面颊,一句话不说,静静地站在那儿看两父女度量带子，验看点数我给他的钱。完事时，我想多停顿一会儿，又借故买点白糖。他们虽不卖白糖，老伴却十分热心出门为我向别一铺子把糖买来。他们那份安于现状的神气，使我觉得若用我身份惊动了他，就真是我的罪过。

我拿了那个小小包儿出城时，天已断黑，在泥堤上乱走。天上有一粒极大星子，闪耀着柔和悦目的光明。我瞅定这一粒星子，目不旁瞬。

"这星光从空间到地球据说就得三千年，阅历多些，它那么镇静有它的道理。我现在还只三十岁刚过头，能那么镇静吗？……"

我心中似乎极其混乱，我想我的混乱是不合理的。我的脚正踏到十七年前所躺卧的泥堤上，一颗心跳跃着，勉强按捺也不能约束自己。可是，过去的，有谁人能拦住不让它过去，又有谁能制止不许它再来？时间使我的心在各种变动人事上感受了点分量不同的压力，我得沉默，得忍受。再过十七年，安知道我不再到这小城中来？世界虽极广大，人可总像近于一种宿命，限制在一定范围内，经验到他的过去相熟的事情。

为了这再来的春天，我有点忧郁，有点寂寞。黑暗河面起了缥缈快乐的橹歌。河中心一只商船正想靠码头停泊,歌声在黑暗中流动,从歌声里我俨然彻悟了什么。我明白"我不应当翻阅历史,温习历史"。在历史前面,谁人能够不感惆怅?

但我这次回来为的是什么?自己询问自己,我笑了。我还愿意再活十七年,重来看看我能看到难于想象的一切。

作于一九三四年

虎雏再遇记

四年前我在上海时,曾经做过一次荒唐的打算,想把一个年龄只十四岁,生长在边陬僻壤,小豹子一般的乡下人,用最文明的方法试来造就他。虽事在当日,就经那小子的上司预言,以为我一切设计将等于白费,所有美好的设想,到头必不免落空,我却仍然不可动摇地按照计划做去。我把那小子放在身边,勒迫他读书,打量改造他的身体改造他的心,希望他在我教育下将来成个知识界伟人。

谁知不到一个月,就出了意外事情,那理想中的伟人,在上海滩生事打坏了一个人,从此便失踪了。一切水得归到海里,小豹子也只宜于深山大泽方能发展他的生命。我明白闹出了乱子以后，他必有他的生路。对于这个人此后的消息，老实说，数年来我就不大再关心了。但每当我想及自己所做那件傻事时，总不免为自己的傻处发笑。

这次湘行到达辰州地方后，我第一个见到的就是那只小豹子。除了手脚身个子长大了一些，眉眼还是那么有精神、有野性。见他时，我真是又惊又喜。当他把我从一间放满了兰草与茉莉的花房里引过，走进我哥哥住的一间大房里去，安置我在火盆边大柚木椅上坐下时，我一开口就说："祖送，祖送，你还活在这儿，我以为你在上海早被人打死了！"

他有点害羞似地微笑了，一面为我倒茶一面却轻轻地说："打不死的，日晒雨淋吃小米苞谷长大的人，哪会轻易给人打死！"

我说："我早知道你打不死，而且你还一定打死了人。我一切都知道。（说到这里时，我装成一切清清楚楚的神气。）你逃了，我明白你是什么诡计。你为的是不愿意跟在我身边好好读书，只想落草为王，故意生事逃走。可是你害得我们多难受！那教你算学的长胡子先生，自从你失踪后，他在上海各处托人打听你，奔跑了三天，为你差点儿累倒！"

"那山羊胡子先生找我吗?"

"什么,'山羊胡子先生'!"这字眼儿真用得不雅相,不斯文。被他那么一说,我预备要说的话也接不下去了。

可是我看看他那双大手以及右手腕上那个夹金表,就明白我如今正是同一个大兵说话,并不是同四年前那个"虎雏"说话了。我错了,得纠正自己。于是我模仿粗暴笑了一下,且学作军官们气魄向他说:"我问你,你为什么打死人?怎么又逃了回来?不许瞒我一字,全为我好好说出来!"

他仍然很害羞似地微笑着,告给我那件事情的一切经过。旧事重提,显然在他这种人并不什么习惯,因此不多久,他就把话改到目前一切来了。他告我上一个月在铜仁方面的战事,本军死了多少人。且告我乡下种种情形,家中种种情形。谈了大约一点钟,我那哥哥穿了他新做的宝蓝缎面银狐长袍,夹了一大卷京沪报纸,口中嘘嘘吹着奇异调门,从军官朋友家里谈论政治回来了,我们的谈话方始中断。

到我生长那个石头城苗乡里去,我的路程尚应当有四个日子,两天坐原来那只小船,两天还坐了小而简陋的山轿,走一段长长的山路。在船上虽一切陌生,我还可以用点钱使划船的人同我亲热起来。而且各个码头吊脚楼的风味,永远又使我感觉十分新鲜。至于这样严冬腊月,坐两整天的轿子,路上过关越卡,且得经过几处出过杀人流血案子的地方。第一个晚上,必须在一个最坏的站头上歇脚,若没有熟人,可真有点儿麻烦了。吃晚饭时,我向我那个哥哥提议,借这个副爷送我一趟。因此第二天上路时,这小豹子就同我一起上了路。临行时哥哥别的不说,只嘱咐他"不许同人打架"。看那样子,就可知道"打架"还是这个年轻人的快乐行径。

在船上我得了同他对面谈话的方便,方知道他原来八岁里就用石头从高处砸坏了一个比他大过五岁的敌人。上海那件事发生时,在他面前倒下的,算算已是第三个了。近四年来因为跟随我那上校弟弟驻防溆浦,派归特务连服务,于是在正当决斗情形中,倒在他面前的敌人数目比从前增加了一倍。他年纪到如今只十八岁,就亲手放翻了六个敌人,而且照他说来,敌人全超过了他一大把年龄。

好一个漂亮战士!

这小子大致因为还有点怕我,所以在我面前还装得怪斯文,一句野话不说,一点蛮气不露,单从那样子看来,我就不很相信他能同什么人动手,而且一动手必占上风。船上他一切在行,篙桨皆能使用,做事时灵便敏捷,似乎比那个小水手还得力。船搁了浅,弄船人无法可想,各跳入急水中去扛船时,他就把上下衣服脱得光光的,跳到水中去帮忙。(我得提一句,这是十二月!)

照风气,一个体面军官的随从,应有下列几样东西:一个奇异牌的手电灯,一枚金手表,一支匣子炮。且同上司一样,身上军服必异常整齐。手电灯用来照路,内地真少不了它。金手表则当军官发问:"护兵,什么时候了?"就举起手看一看来回答。至于匣子炮,用处自然更多了。我那弟弟原是一个射击选手,每天出野外去,随时皆有目标啪地来那么一下。有时自己不动手,必命令勤务兵试试看。(他们每次出门至少得耗去半夹子弹。)但这小豹子既跟在我身边,带枪上路除了惹祸可以说毫无用处。我既不必防人刺杀,同时也无意打人一枪,故临行时我不让他佩枪,且要他把军服换上一套爱国呢中山服。解除了武装,看样子,他已完全不像个军人,只近于一个喜事好弄的中学生了。

我不曾经提到过,我这次回来,原是翻阅一本用人事组成的历史吗？当他跳下水去扛船时，我记起四年前他在上海与我同住的情形。当时我曾假想他过四年后能入大学一年级。现在呢，这个人却正同船上水手一样，为了帮水手忙扛船不动，又湿淋淋地攀着船舷爬上了船，捏定篙子向急水中乱打，且笑嘻嘻地大声喊嚷。我在船舱里静静地望着他，心想：幸好我那荒唐打算有了岔儿，既不曾把他的身体用学校固定，也不曾把他的性灵用书本固定。这人一定要这样发展才像个人！他目前一切，比起住在城里大学校的大学生，开运动会时在场子中呐喊吆喝两声，饭后打打球，开学日集合好事同学通力合作折磨折磨新学生，派头可来得大多了。

等到船已挪动水手皆上了船时，我喊他："祖送，祖送，唉唉，你不冷吗？快穿起你的衣来！"

他一面舞动手中那支篙子，一面却说："冷呀，我们在辰州前些日子还邀人泅过大河！"

到应吃午饭时，水手无空闲，船上烧水煮饭的事完全由他做。把饭吃过后，想起临行时哥哥嘱咐他的话，要他详详细细地来告给我那一点把对手放翻时的"经验"，以及事前事后的"感想"。"故事"上半天已说过了，我要明白的只是那些故事对于他本人的"意义"。我在他那种叙述上，我敢说我当真学了一门稀奇的功课。

他的坦白，他的口才，皆帮助我认识一个人、一颗心在特殊环境下所有的式样。他虽一再犯罪，却不应受何种惩罚。他并不比他的敌人强悍，只是能忍耐，知等待机会，且稍稍敏捷准确一点儿罢了。

当他一个人被欺侮时，他并不即刻发动，他显得很老实、沉默，且常常和气地微笑。"大爷，你老哥要这样，还有什么话说吗？谁敢碰你老哥？请老哥海涵一点……"可是，一会儿，"小宝"飕地抽出来，或是一板凳一柴块打去，这"老哥"在措手不及情形中，哼了一声便被他弄翻了。完事后必须跑的自然就一跑，不管是税卡，是营上，或是修械厂，到一个新地方，住在棚里闲着，有什么就吃什么，不吃也饿得起，一见别人做事，就赶快帮忙去做，用勤快溜刷引起头目的注意。直到补了名字，因此把生活又放在一个新的境遇新的门路上当作赌注押去。这个人打去打来总不离开军队，一点生存勇气的来源却亏得他家祖父是个为国殉职的游击。"将门之子"的意识，使他到任何境遇里皆能支撑能忍受。他知道游击同团长名分差不多，他希望做团长。他记得一句格言:"万丈高楼平地起。"他因此永远能用起码名分在军队里混。对于这个人的性格我不稀奇,因为这种性格从三厅①屯垦军子弟中随处可以发现。我只稀奇他的命运。

小船到辰河著名的"箱子岩"上游一点,河面起了风,小船拉起一面风帆,在长潭中溜去。我正同他谈及那老游击在台湾与日本人作战殉职的遗事,且劝他此后凡事忍耐一点,应把生命押在将来对外战争上,不宜于仅为小小事情轻生决斗。想要他明白私斗一则不算角色,二则妨碍事业。见他把头低下去,长长地叹了一口气,我以为所说的话有了点儿影响,心中觉得十分快乐。

经过一个江村时,有个跑差军人身穿军服斜背单刀正从一只方头渡船上过渡,一见我们的小船,装载极轻,走得很快,就喊我们停船,想搭便船上行。船上水手知道包船人的身份,就告给那军人,说不方便,不能停船。赶差军人可不成,非要我们停船不可。说了些恐吓话,水手还是不理会。我正想

---

① 三厅:指凤凰、乾城、永绥,清朝政府在这三个地方设置直隶厅,并派兵戍守防止叛乱。

告给水手要他收帆停船,让那个军人搭坐搭坐,谁知那军人性急火大,等不得停船,已大声辱骂起来了。小豹子原蹲在船舱里,这时方爬出去打招呼:"弟兄,弟兄,对不起,请不要骂!我们船小,也得赶路。后面有船来,你搭后面那一只船吧。"

那一边看看船上是一个中学生样子人物,就说:"什么对不起,赶快停停!掌舵的,你不停船我×你的娘,到码头时我要用刀杀你这狗杂种!"

那个掌梢人正因为风紧帆饱,一面把帆绳拉着,一面就轻轻地回骂:"你杀我个鸡公,我怕你!"

小豹子却依然向那军人很和气地说:"弟兄,弟兄,你不要骂人!全是出门人,不要开口就骂人!"

"我要骂人怎么样,我骂你,我就骂你,你个小狗崽子,你到码头等我!"

我担心这口舌,便喊叫他:"祖送!"

小豹子被那军人折辱了,似乎记起我的劝告,一句话不说,摇摇头,默然钻进了船舱里。只自言自语地说:"开口就骂人,不停船就用刀吓人,真丢我们军人的丑。"

那时节跑差军人已从渡船上了岸,还沿河追着我们的小船大骂。

我说:"祖送,你同他说明白一下好些,他有公事我们有私事,同是队伍里的人,请他莫骂我们,莫追我们。"

"不讲道理让他去,不管他。他疑心这小船上有女人,以为我们怕他!"

小船挂帆走风,到底比岸上人快一些,一会儿,转过山岨时,那个军人就落后了。

小船停到××时,水手全上岸买菜去了,小豹子也上岸买菜去了,各人去了许久方回来。把晚饭吃过后,三个水手又说得上岸有点事,想离开船,小豹子说:"你们怕那个横蛮兵士找来,怕什么?不要走,一切有我!这是大码头,有我们部队驻扎到这里,凡事得讲个道理!"

几个船上人虽分辩,仍然一同匆匆上岸去了。到了半夜水手们还不回来睡觉,我有点儿担心,小豹子只是笑。

我说:"几个人会被那横蛮军人打了,祖送,你上去找找看!"

他好像很有把握笑着说:"让他们去,莫理他们。他们上烟馆同大脚妇人吃莘烟去了,不会挨打。"

"我担心你同那兵士打架,惹了祸真麻烦我。"

他不说什么,只把手电灯照他手上的金表,大约因为表停了,轻轻地骂了两句野话。待到三个水手回转船上时,已半夜过了。

第二天一早,天还未大明,船还不开头,小豹子就在被中咕喽咕喽笑。我问他笑些什么,他说:"我夜里做梦,居然被那横蛮军人打了一顿。"

我说:"梦由心造,明明白白是你昨天日里想打他,所以做梦就挨打。"

那小豹子睡眼迷蒙地说:"不是日里想打他,只是昨天煞黑时当真打了那家伙一顿!"

"当真吗?你不听我话,又闹乱子打架了吗?"

"哪里哪里,我不说同谁打什么架!"

"你自己承认的,我面前可说谎不得!你说谎我不要你跟我。"

他知道他露了口风,把话说走,就不再作声了,咕咕笑将起来。

原来昨天上岸买菜时,他就在一个客店里找着了那军人,把那军人嘴巴打歪,并且差一点儿把那军人膀子也弄断了。我方明白他昨天上岸买菜去了许久的理由。

作于一九三四年

一个爱惜鼻子的朋友

民国十年，湘西统治者陈渠珍，受了点"五四"余波的影响，并对于联省自治抱了幻想，在保靖地方办了个湘西十三县联合中学校。教师全是由长沙聘请来的，经费由各县分摊，学生由各县选送。那学校位置在城外一个小小山丘上，清澈透明的酉水，在西边绕山脚流去，滩声入耳，使人神气壮旺。对河有一带长岭，名野猪坡，高七八里，局势雄强。（翻岭有条官路可通永顺。）岭上土地丛林与洞穴，为烧山种田人同野兽大蛇所割据。一到晚上，虎豹就傍近种山田的人家来吃小猪，从小猪锐声叫喊里，还可知道虎豹跑去的方向。（这大虫有时白天"昂"地一吼，夹河两岸山谷回声必响应许久。）

种田人也常常拿了刀叉火器，以及种种家伙，往树林山洞中去寻觅，用绳网捕捉大蛇，用毒烟熏取野兽。岭上最多的是野猪，喜欢偷吃山田中的苞谷和白薯，为山中人真正的仇敌。正因为对付这个无限制地损害农作物的仇敌，岭上打锣击鼓猎野猪的事，也就成为一种常有的工作，一种常有的游戏了。学校前面有个大操场，后边同左侧皆为荒坟同林莽，白日里野狗成群结队在林莽中游行，或各自蹲坐在荒坟头上眺望野景，见人不惊不惧。天阴月黑的夜里，这畜生就把鼻子贴着地面长嗥，招呼同伴，掘挖新坟，争夺死尸咀嚼。与学校小山丘遥遥相对，相去不到半里路另一山丘中凹地，是当地驻军的修械厂，机轮轧轧声音终日不息，试枪处每天可听到机关枪、迫击炮响声。新校舍的建筑，因为由军人监工，所有课堂宿舍的形式与布置，同营房差不多。学生所过的日子，也就有些同军营相近。

学校中当差的用两班徒手兵士，校门守卫的用一排武装兵士，管厨房宿舍的全由部中军佐调用。在这种环境中陶冶的青年学生，将来的命运，不能够如一般中学生那么平安平凡，一看也就显然明白了。当时那些青年中学生，除了星期日例假，可以到城里城外一条正街和小街上买点东西，或爬山下水玩玩，此外就不许无故外出。不读书时他们就在大操场里踢踢球，这游戏新鲜而且活泼,倒很适宜于一群野性中学生。过不久,这游戏且成为一种有传染性的风气,使军部里一些青年官佐也受传染影响了。学生虽不能出门,青年官佐却随时可以来校中赛球。大家又不需要什么规则,只是把一个球各处乱踢,因此参加的人也毫无限制。我那时节在营上并无固定职务,正寄食于一个表兄弟处,白日里常随同号兵过河边去吹号,晚上就蜷伏在军械处一堆旧棉军服上睡觉。有一次被人邀去学校踢球,跟着那些青年学生吼吼嚷嚷满场子奔跑,他们上课去了,我还一个人那么玩下去。学校初办,四周还无围墙,只用有刺铁丝网拦住,什么人把球踢出了界外时,得请野地里看牛牧羊人把球抛过来,不然就得出校门绕路去拾球。自从我一做了这个学校踢球的清客后,爬铁丝网拾球的事便派归给我。我很高兴当着他们面前来做这件事,事虽并不怎么困难,不过那些学生却怕处罚,不敢如此放肆,我的行为于是成为英雄行为了。我因此认识了许多朋友。

朋友中有三个同乡,一个姓杨,本城高枧乡下地主的独生子。一个姓韩,我的旧上司的儿子(就是辰州府总爷巷第一支队司令部留守处那个派我每天钓蛤蟆下酒的老军官的儿子)。

一个姓印，眼睛有点近视。他的父亲曾做过军部参谋长，因此在学校他俨然是个自由人。前两个人都很用心读书，姓印的可算得是个球迷。任何人邀他踢球，他必高兴奉陪，球离他不管多远，他总得赶去踢那么一脚。

每到星期天，军营中有人往沿河下游四里的教练营大操场同学兵玩球时，这个人也必参加热闹。大操场里极多牛粪，有一次同人争球，见牛粪也拼命一脚踢去，弄得另一个人全身一塌糊涂。这朋友眼睛不能辨别面前的皮球同牛粪，心地可雪亮透明。体力身材皆不如人，倒有个很好的脑子。玩虽玩得厉害，应月考时各种功课皆有极好成绩。性情诙谐而快乐，并且富于应变之才，因此全校一切正当活动少不了他，大家亲昵地称呼他为"印瞎子"，承认他的聪明，同时也断定他会短命。每到有人说他寿命不永时，他便指定自己的鼻子："大爷，别损我。我有这条鼻子，活到八十八，也无灾无难！"

有一次，几个人在一株大树下言志，讨论到各人将来的事业。姓杨的想办团防，因为做了团总就可以不受人敲诈，倒真是个地主的好打算。姓韩的想做副官长，原因是他爸爸也做过副官长，所谓承先人之业是也。还有想管"常平仓"的，想做县公署第一科长的,想做苗守备官下苗乡去称王做霸的,以及想做徐良、黄天霸,身穿夜行衣,反手接飞镖,以便打富济贫的。

有人询问那个近视眼,想知道他将来准备做什么。他伸手出去对那个发问人打了个响榧子,"不要小看我印瞎子,我不像你们那么无出息。我要做个伟人!说大话不算数,你们等着瞧吧。看相的王半仙夸奖我这条鼻子是一条龙,赵匡胤黄袍加身,不儿戏!"他说了他的抱负后,转脸向我,用手指着他自己那条鼻子,有点众人不识好汉英雄的神气,"大爷,你瞧,你说老实话,像我这样一条鼻子,送过当铺去,不是也可以当个一千八百吗?"

我忙笑着说:"值得值得!"但因为想起另外一件事,不由得大笑起来了。

另一时他同我过渡,预备往野猪坡大岭上去看乡下人新捕获的大豹子,手中无钱,不能给撑渡船的钱。船快拢岸时他就那么说:

"划船的,伍子胥落难的故事,你明白不明白?"

撑渡船的就说:"我明白!"

"你明白很好。你认准我这条鼻子,将来有你的好处。"

那弄船的好像知道是什么事了,却也指着自己鼻子说:"少爷,不带钱不要紧,你也认清我这鼻子!"

"我认得,我认得,不会忘记。这是朱砂鼻子,按相书说主酒食,你一天能喝多少?我下次同你来喝个大醉吧。"

弄船的大约也很得意自己那条鼻子,听人提到它便很妩媚地微笑了。那鼻子,简直透红得像条刚从饭锅里捞出的香肠!

……

至于我当时的志向呢,因为就过去经验说来,我只能各处流转接受个人应得的一份命运,既无事业可做,还能希望什么好生活。不过我很明白"时间"这个东西十分古怪。一切人一切事都会在时间下被改变,当前的安排也许不大对,有了小小错处,不大合理,我很愿意尽一份时间来把世界同世界上的人改造一下看看。我并不计划做苗官,又不能从鼻子眼睛上什么特点增加多少自信。我不看重鼻子,不相信命运,不承认目前形势,却尊敬时间。我不大在生活上的得失关心,却了然时间对这个世界同我个人的严重意义。我愿意好好地结结实实地来做一个人,可说不出将来我要做个什么样的人。因此一来,我当时也就算不得是个有志气的人。

民国十三年川军熊克武率领二十万大军从湘西过境,保靖地方发生了一场混战,各种主要建设全受军事影响毁掉了,那个学校在我们撤退时也被一把火烧尽了。学生各自散走后,有的成了小学教员,有的从了军,有几个还干脆做了土匪,占山落草称大王,把家中童养媳接上山去圆亲充压寨夫人。我那时已到北平,从家信中得来一点点关于他们的消息,认为很自然也很有意思。时间正在改造一切,尽强健的爬起,尽懦怯的灭亡。我在这一分岁月中,变动得比那些小同乡还更厉害,他们做的事我毫不出奇,毫不惊讶。

到了民国十六年,革命军北伐攻下武汉后,两湖方面党的势力无处不被侵入。小县小城皆有了党的组织,当地小学教员照例成为党的中坚分子。烧木偶,除迷信,领导小学生开会游行,对土豪劣绅刻薄商人主张严加惩罚,便是小县城党部重要工作。当地防军领袖同县知事处处皆受党的挟制,虽有实力却不敢随便说话。那个姓杨的同姓韩的朋友,适在本县做小学教员。两人在这个小小县城里,居然燃烧了自己的血液,在一种莫名其妙的情形中,成为党的台柱。一切事都毫无顾忌,放手做去。工作的狂热，代为证明他们对这个问题认识得还如何天真。必然的变化来了，各处清党运动相继而起。军事领袖得到了惩罚活动分子的密令，十分客气把两个人从课室中请去县里开会，刚到会场就剥了他们的衣服，派一排兵士簇拥出城外砍了。

那个近视眼朋友，北伐军刚到湖南，就入党务学校受训练，到北伐军奠定武汉，长江下游军事也渐渐得手时，他已成为毛委员的小助手，身穿一件破烂军服，每日跟随着委员各处跑，日子过得充满了狂热与兴奋。他当真有意识在做候补"伟人"了。这朋友从三一军政治部一个同乡处，知道我还困守在北平城，只是白日做梦，想用一支笔奋斗下去，打出个天下。就写了个信给我：

大爷，你真是条好汉！可是做好汉也有许多地方许多事业等着你，为什么尽捏紧那支笔？你记不记得起老朋友那条鼻子？不要再在北平城写什么小说，世界上已没有人再想看你那种小说了。到武汉来找老朋友，看看老朋友怎么过日子吧？你放心，想唱戏，一来就有你戏唱。从前我用脚踢牛屎，现在一切不同了，我可以踢许多许多东西了。……

他一定料想不到，这一封信就差点儿把我踢入北平城的监狱里。收到这信后我被查公寓的宪警麻烦了四五次，询问了许多蠢话，抖气把那封信烧了。我当时信也不回他一个。我心想："你不妨依旧相信你那条鼻子，我也不妨仍然迷信我这一只手，等等看，过两年再说吧。"不久宁汉左右分裂，清党事起，万千青年人从此失了踪，不知道往什么地方去了。我在武汉一些好朋友，如顾千里、张采真……从此在人间消失了。这个朋友的消息自然再也得不到了。

……

我听许多人说及北伐时代两湖青年对革命的狂热。我对于政治缺少应有理解，然而对于这种民族的狂热感情却怀着敬重与惊奇。这究竟是怎么回事？我愿意多知道一点点。估计到这种狂热虽用人血洗过了，被时间漂过了，现在回去看看，大致已看不出什么痕迹了。然而我还以为即或"人性善忘"，也许从一些人的欢乐或恐怖印象里，多多少少还可以发现一点对我说来还可说是极新的东西。回湖南时，因此抱了一种希望。

在长沙有五个同乡青年学生来找我，在常德时我又见着七个同乡青年学生，一谈话就知道这些人一面正被"杀人屠户"

提倡的读经打拳政策所困惑，不知如何是好，一面且受几年来国内各种大报小报文坛消息所欺骗，都成了颓废不振萎琐庸俗的人物，一见我别的不说，就提出四十多个"文坛消息"要我代为证明真伪。都不打算到本身能为社会做什么，愿为社会做什么。对生存既毫无信仰，却对于三五稍稍知名或善于卖弄招摇的作家那么发生浓厚兴味。且皆想做诗人，随随便便写两首诗，以为就是一条出路。从这些人推测将来这个地方的命运，我俨然洞烛着这地方从人的心灵到每一件小事的糜烂与腐蚀。这些青年皆患精神上的营养不足，皆成了绵羊，皆怕鬼信神。一句话，完了。

过辰州时几个青年军官燃起了我另外一种希望。从他们的个别谈话中，我得到许多可贵的见识。他们没有信仰，更没有幻想，最缺少的还是那个精神方面的快乐。当前严重的事实紧紧束缚他们，军费不足，地方经济枯竭，环境尤其恶劣。他们明白自己在腐烂，分解，在我面前就毫不掩饰个人的苦闷。他们明白一切，却无力解决一切。然而他们的身体都很康健，那种本身覆灭的忧虑，会迫得他们去振作。他们虽无幻想，也许会在无路可走时接受一个幻想的指导。他们因为已明白习惯的统治方式要不得，机会若许可他们向前，这些人介于生存与灭亡之间，必知有所选择！不过这些人平时也看报看杂志，因此到时他们也会自杀，以为一切毫无希望，用颓废身心的狂嫖滥赌而自杀！

我的旅行到了离终点还有一天路程的塔伏，住在一家桥头小客店里。洗了脚，天还未黑。店主人正告给我当地有多少人家，多少烟馆。忽然听得桥东人声嘈杂，小队人马过后，接着是一乘京式三顶拐轿子，一行人等停顿在另外一家客店门前。我知道大约是什么委员，心中就希望这委员是个熟人，可以在这荒寒小地方谈谈。我正想派随从虎雏去问问委员是谁。料不到那个人一下桥，脸还不洗，就走来了。一个匣子炮护兵指定我说："您姓沈吗？局长来了！"

我看到一个高个子瘦人，脸上精神饱满，戴了副玳瑁边近视眼镜，站在我面前，伸出两只瘦手来表示要握手的意思。我还不及开口，他就嚷着说："大爷，你不认识我，你一定不认识我，你看这个！"他指着鼻子哈哈大笑起来。

"你不是印瞎子？"

"大爷，印瞎子是我！"

我认识那条体面鼻子，原来真是他！我高兴极了。问起来我才明白他现在是乌宿地方的百货捐局长，这时节正押解捐款回城。未到这里以前，先已得到侦探报告，知道有个从北方来姓沈的人在前面，他就断定是我。一见当真是我，他的高兴可想而知。

我们一直谈到吃晚饭。饭后他说我们可以谈一个晚上，派护兵把他宝贵的烟具拿来。装置烟具的提篮异常精致，真可以说是件贵重美术品。烟具陈列妥当后，因为我对于烟具的赞美，他就告我这些东西的来源，那两支烟枪是贵州省主席李晓炎的，烟灯是川军将领汤子模的，烟匣是黔省军长王文华的，打火石是云南鸡足山……原来就是这些小东西，都各有出处，也各有历史或艺术价值，也是古董。至于提篮呢，还是贵州省一个烟帮首领特别定做送给局长的，试翻转篮底一看，原来还很精巧地织得有几个字！问他为什么会玩这个，他就老老实实地说明，北伐以后他对于鼻子的信仰已失去，因为吸这个，方不至于被人认为那个，胡乱捉去那个这个的。说时他把一只手比拟在他自己颈项上，做出个咔嚓一刀的姿势，且摇头否认这个解决方法。他说他不是阿Q，不欢喜这种"热闹"。

我们于是在这一套名贵烟具旁谈了一整晚话,当真好像读了另外一本《天方夜谭》,一夜之间使我增长了许多知识,这些知识可谓稀有少见。

此后把话讨论到他身上那件玄狐袍子的价钱时,他甩起长袍一角,用手抚摸着那美丽皮毛说:"大爷,这值三百六十块袁头,好得很!人家说:'瞎子,瞎子,你年纪还不到三十岁,穿这样厚狐皮会烧坏你那把骨头。'好吧,烧得坏就让它烧坏吧。我这性命横顺是捡来的,不穿不吃做什么。能多活三十年,这三十年也算是我多赚的。"

我把这次旅行观察所得同他谈及,问他是不是也感觉到一种风雨欲来的预兆。而且问他既然明白当前的一切,对于那个明日必需如何安排?他就说军队里混不是个办法,占山落草也不是出路。他想写小说,想戒了烟,把这套有历史的宝贝烟具送给中央博物院,再跟我过上海混,同茅盾老舍抢一下命运。他说他对于脑子还有点把握。只是对于自己那只手,倒有点怀疑,因为六年来除了举起烟枪对准火口,小楷字也不写一张了。

天亮后大家预备一同动身,我约他到城里时邀两个朋友过姓杨姓韩的坟上看看。他仿佛吃了一惊,赶忙退后一步:"大爷,你以为我戒了烟吗?家中老婆不许我戒烟。你真是……从京里来的人,简直是个京派。什么都不明白。入境问俗,你真是……"我明白他的意思。估计他到城里,也不敢独自来找我。我住在故乡三天,这个很可爱的朋友,果然不再同我见面。

作于一九三五年

滕回生堂的今昔

我六岁左右时害了痄疾，一张脸黄僵僵的，一出门身背后就有人喊"猴子猴子"。回过头去搜寻时，人家就咧着白牙齿向我发笑。扑拢去打吧，人多得很。装作不曾听见吧，那与本地人的品德不相称。

我很羞愧，很生气。家中外祖母听从佣妇、挑水人、卖炭人与隔邻轿行老妇人出主意，于是轮流要我吃热灰里焙过的"偷油婆"①"使君子"②，吞雷打枣子木的炭粉，黄纸符烧纸的灰渣，诸如此类药物，另外还逼我诱我吃了许多古怪东西。我虽然把这些很稀奇的丹方试了又试，蛔虫成绞成团地排出，病还是不得好，人还是不能够发胖。

---

① 偷油婆：指蟑螂。
② 使君子：一种中药。

照习惯说来，凡为一切药物治不好的病，便同"命运"有关。家中有人想起了我的命运，当然不乐观。

关心我命运的父亲，特别请了一个卖卦算命土医生来为我推算流年，想法禳解命根上的灾星。这算命人把我生辰干支排定后，就向我父亲建议："大人，把少爷拜给一个吃四方饭的人做干儿子，每天要他吃习皮草蒸鸡肝，有半年包你病好。病不好，把我回生堂牌子甩了丢到大河潭里去！"

父亲既是个军人，毫不迟疑地回答说："好，就照你说的办。不用找别人，今天日子好，你留在这里喝酒，我们打了干亲家吧。"

两个爽快单纯的人既同在一处，我的命运便被他们派定了。

一个人若不明白我那地方的风俗，对于我父亲的慷慨处会觉得稀奇。其实这算命的当时若说："大人，把少爷拜寄给城外碉堡旁大冬青树吧。"我父亲还是会照办的。一株树或一片古怪石头，收容三五十个寄儿，照本地风俗习惯，原是件极平常事情。且有人拜寄牛栏拜寄井水的，人神同处日子竟过得十分调和，毫无龃龉。

我那寄父除了算命卖卜以外，原来还是个出名草头医生，又是个拳棒家。尖嘴尖脸如猴子，一双黄眼睛炯炯放光，身材虽极矮小，实可谓心雄万夫。他把铺子开设在一城热闹中心的东门桥头上，字号名"滕回生堂"。那长桥两旁一共有二十四间铺子，其中四间正当桥垛墩，比较宽敞，许多年以前，他就占了有垛墩的一间。住处分前后两进，前面是药铺，后面住家。铺子中罗列有羚羊角、穿山甲、马蜂巢、猴头、虎骨、牛黄、马宝，无一不备。最多的还是那几百种草药，成束成把的草根木皮，堆积如山，一屋中也就长年为草药蒸发的香味所笼罩。铺子里间房子窗口临河，可以俯瞰河里来回的柴炭船、米船、甘蔗船。河身下游约半里，有了转折，因此迎面对窗便是一座高山。

那山头春夏之际作绿色，秋天作黄色，冬天则为烟雾包裹时作蓝色，为雪遮盖时只一片眩目白色。屋角隅陈列了各种武器，有青龙偃月刀、齐眉棍、连枷、钉耙。此外还有一个似桶非桶似盆非盆的东西，原来这是我那寄父年轻时节习站功所用的宝贝。他学习拉弓，想把腿脚姿势弄好，每个晚上蜷伏到那水桶里去熬夜。想增加气力，每早从桶中爬出时还得吃一条黄鳝的鲜血。站了木桶两整年，吃了黄鳝数百条，临到应考时，却被一个习武的仇人摘发他身份不明，取消了考试资格。他因此赌气离开了家乡,来到武士荟萃的凤凰县卖卜行医。为人既爽直慷慨,且能喝酒划拳,极得人缘,生涯也就不恶。作了医生尚舍不得把那个木桶丢开,可想见他还不能对那宝贝忘情。

他家中有个太太,两个儿子。太太大约一年中有半年都把手从大袖筒缩到衣里去,藏了一个小火笼在衣里烘烤,眯着眼坐在药材中,简直是一只大猫。两个儿子大的学习料理铺子,小的上学读书。两老夫妇住在屋顶,两个儿子住在屋下层桥墩上。地方虽不宽绰,那里也用木板夹好,有小窗小门,不透风,光线且异常良好。桥墩尖劈形处,石罅里有一架老葡萄树,得天独厚,每年皆可结许多球葡萄。另外还有一些小瓦盆,种了牛膝、三七、铁钉台、隔山消等草药。尤其古怪的是一种名为"罂粟"的草花,还是从云南带来的,开着艳丽煜目的红花,花谢后枝头缀绿色果子,果子里据说就有鸦片烟。

当时一城人谁也不见过这种东西,因此常常有人老远跑来参观。当地一个拔贡还做了两首七律诗,赞咏那个稀奇少见的植物,把诗贴到回生堂武器陈列室板壁上。

桥墩离水面高约四丈,下游即为一潭,潭里多鲤鱼鳜鱼。两兄弟把长绳系个钓钩,挂上一片肉,夜里垂放到水中去,第二天拉起就常常可以得一尾大鱼。但我那寄父却不许他们如此钓鱼，以为那么取巧，不是一个男子汉所当为。虽然那么骂儿子，有时把钓来的鱼不问死活依然扔到河里去，有时也会把鱼煎好来款待客人。

他常奖励两个儿子过教场去同兵将子弟寻衅打架。大儿子常常被人打得头破血流回来时，作父亲的一面为他敷那秘制药粉，一面就说：

"不要紧，不要紧，三天就好了。你怎么不照我教你那个方法把那苗子放倒？"说时有点生气了，就在儿子额角上一弹，加上一点惩罚，看他那神气，就可明白站木桶考武秀才被屈，报仇雪耻的意识还存在。

我得了这样一个寄父，我的命运自然也就添了一个注脚，便是"吃药"了。我从他那儿大致尝了一百样以上的草药。假若我此后当真能够长生不老，一定便是那时吃药的结果。我倒应当感谢我那个命运，从一分吃药经验里，因此分别得出许多草药的味道、性质以及它们的形状。且引起了我此后对于辨别草木的兴味。其次是我吃了两年多鸡肝。这一堆药材同鸡肝，显然对于此后我的体质同性情都大有影响。

那桥上有洋广杂货店，有猪牛羊屠户案桌，有炮仗铺与成衣铺，有理发馆，有布号与盐号。我既有机会常常到回生堂去看病，也就可以同一切小铺子发生关系。我很满意那个桥头，那是一个社会的雏形，从那方面我明白了各种行业，认识了各样人物。凸了个大肚子胡须满腮的屠户，站在案桌边，扬起大斧"擦"地一砍，把肉剁下后随便一秤，就猛向人菜篮中掼去，"镇关西"式人物，那神气真够神气。平时以为这人一定极其凶横蛮霸，谁知他每天拿了猪脊髓到回生堂来喝酒时，竟是个异常和气的家伙！其余如剃头的、缝衣的，我同他们认识以后，看他们工作，听他们说些故事新闻，也无一不是很有意思。我在那儿真学了不少东西，知道了不少事情。所学所知比从私塾里得来的书本知识当然有趣得多，也有用得多。

那些铺子一到端午时节，就如我写《边城》故事那个情形，河下竞渡龙船，从桥洞下来回过身时，桥上有人用叉子挂了小百子鞭炮悬出吊脚楼，必必拍拍地响着。夏天河中涨了水，一看上游流下了一只空船，一匹牲畜，一段树木，这些小商人为了好义或好利的原因，必争着很勇敢地从窗口跃下，凫水去追赶那些东西。

不管漂流多远，总得把那东西救出。关于救人的事，我那寄父总不落人后。他只想亲手打一只老虎，但得不到机会。他说他会点穴，但从不见他点过谁的穴。一口典型的麻阳话，开口总给人一种明朗愉快的印象。

民国二十二年旧历十二月十九日，距我同那座大桥分别时将近十二年，我又回到了那个桥头了。这是我的故乡，我的学校，试想想，我当时心中怎样激动！离城二十里外我就见着了那条小河。傍着小河溯流而上，沿河绵亘数里的竹林，发蓝叠翠的山峰，白白阳光下造纸坊与制糖坊，水磨与水车，这些东西皆使我感动得厉害！后来在一个石头碉堡下，我还看到一个穿号褂的团丁，送了个头裹孝布的青年妇人过身。那黑脸小嘴高鼻梁青年妇人，使我想起我写的《凤子》故事中角色。她没有开口唱歌，然而一看却知道这妇人的灵魂是用歌声喂养长大的。我已来到我故事中的空气里了，我有点儿痴。环境空气，我似乎十分熟悉，事实上一切都已十分陌生！

见大桥时约在下午两点，正是市面最热闹时节。我从一群苗人一群乡下人中拥挤上了大桥，各处搜寻没有发现"滕回生堂"的牌号。回转家中我并不提起这件事。第二天一早,我得了出门的机会,就又跑到桥上去,排家注意,终于在桥头南端,被我发现了一家小铺子。铺子中堆满了各样杂货,货物中坐定了一个瘦小如猴干瘪瘪的中年人。从那双眯得极细的小眼睛,我记起了我那个干妈。

这不是我那干哥哥是谁?

我冲近他身边时,那人就说:"唉,你要什么?"

"我要问你一个人,你是不是松林?"

里间屋孩子哭起来了,顺眼望去,杂货堆里那个圆形大木桶里,正睡了一对大小相等仿佛孪生的孩子。我万万想不到圆木桶还有这种用处,我话也说不来了。

但到后我告给他我是谁,他把小眼睛愣着瞅了我许久,一切弄明白后,便慌张得只是搓手,赶忙让我坐到一捆麻上去。

"是你!是茂林!……"

"茂林"是我干爹为我起的名字。

我说:"大哥,正是我!我回来了!老人家呢?"

"五年前早过世了!"

"嫂嫂呢？"

"六月里过去了！剩下两只小狗。"

"保林二哥呢？"

"他在辰州，你不见到他？他做了王村禁烟局长，有出息，讨了个乖巧屋里人，乡下买得三十亩田，作员外！"

我各处一看，卦桌不见了，横招不见了，触目全是草药。

"你不算命了吗？"

"命在这个人手上，"他说时翘起一个大拇指，"这里人已没有命可算！"

"你不卖药了吗？"

"城里有四个官药铺，三个洋药铺。苗人都进了城，卖草药人多得很，生意不好做！"

他虽说不卖药了，小屋子里其实还有许多成束成捆的草药。而且恰好这时就有个兵士来买专治腹痛的"一点白"，把药找出给人后，他只捏着那两枚当一百的铜元，向我呆呆地笑。大约来买药的也不多了，我来此给他开了一个利市。

他一面茫然地这样那样数着老话,一面还尽瞅着我。忽然发问:

"你从北平来南京来?"

"我在北平做事!"

"做什么事?在中央,在宣统皇帝手下?"

我就告诉他,既不在中央,也不是宣统手下。他只做成相信不过的神气,点着头,且极力退避到屋角隅去,俨然为了安全非如此不成。他心中一定有一个新名词作祟:"你可是个共产党?"他想问却不敢开口,他怕事。他只轻轻地自言自语说:"城内前年杀了两个,一刀一个。那个韩安世是韩老丙的儿子。"

有人来购买烟扦,他便指点人到对面铺子去买。我问他这桥上铺子为什么都改成了住家户。他就告我,这桥上一共有十家烟馆,十家烟馆里还有三家可以买黄吗啡。此外又还有五家卖烟具的杂货铺。

一出铺子到城边时,我就碰一个烟帮过身。两连护送兵各背了本地制最新半自动步枪,人马成一个长长队伍,共三百二十余担黑货,全是从贵州来的。

我原本预备第二天过河边为这长桥摄一个影留个纪念,一看到桥墩,想起二十七年前那钵罂粟花,且同时想起目前那十家烟馆三家烟具店,这桥头的今昔情形,把我照相的勇气同兴味全失去了。

.
　　　　　　　　　作于一九三四年十二月

我会用我自己的力量,为所谓人生,解释得比任何人皆庄严些与透入些!

肆

走无数的桥　看最美的云

  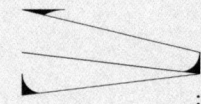

随波逐流容易见好,独立逆风需要魄力。
在这么青山绿水中摆渡,青春生命在慢慢长成。
走过无数的桥,看过最美的云,才找到生命的意义和价值。

新湘行记——张八寨二十分钟

汽车停到张八寨，约有二十分钟耽搁，来去车辆才渡河完毕。溪水流到这里后，被四围群山约束成个小潭，一眼估去大小直径约半里样子。正当深冬水落时，边沿许多部分都露出一堆堆石头，被阳光雨露漂得白白的，中心满潭绿水，清莹澄澈，反映着一碧群峰倒影，还是异常美丽。特别是山上的松杉竹木，挺秀争绿，在冬日淡淡阳光下，更加形成一种不易形容的清寂。汽车得从一个青石砌成的新渡口用一只方舟渡过，码头如一个畚箕形，显然是后来人设计，因此和自然环境不十分谐和。潭上游一点，还有个老渡口，有只老式小渡船，由一个掌渡船的拉动横贯潭中的水面竹缆索，从容来回渡人。这种摆渡画面，保留在我记忆中不下百十种。如照风景画习惯，必然作成"野渡无人舟自横"的姿势，搁在靠西一边白石滩头，才像符合自然本色。因为不知多少年来，经常都是那么搁下，无事可为，镇日长闲，和万重群山一道在冬日阳光下沉睡！但是这个沉睡时代已经过去了。大渡口终日不断有满载各种物资吼着叫着的各式货车，开上方舟过渡。此外还有载客的班车，车上坐着新闻记者，电影摄影师，音乐、歌舞、文物调查工作者，画师，医生……以及近乎挑牙虫卖膏药飘乡赶场的人物，陆续来去。近来因开放农村副业物资交流，附近二十里乡村赴乡场和到州上做小买卖的人，也日益增多。小渡船就终日在潭中来回，盘载人货，没有个休息时。这个觉醒是全面的。八十二岁的探矿工程师丘老先生，带上一群年轻小伙子，还正在湘西自治州所属各县爬山越岭，预备用锤子把有矿藏的山头一一敲醒。许多在地下沉睡千万年的煤、铁、磷、汞，也已经有了一部分被唤醒转来。

　　小船渡口东边，是一道长长的青苍崖壁，西边有个裸露着大片石头的平滩，平滩尽头到处点缀一簇簇枯树。其时几个赶乡场的男女农民，肩上背上挑负着箩箩筐筐，正沿着悬崖下脚近水小路走向渡头。渡船上有个梳双辫女孩子，攀动缆索，接送另外一批人由西往南。渡头边水草间,有大群白鸭子在水中自得其乐地游泳。悬崖罅缝间绿茸茸的,崖顶上有一列过百年的大树,大致还是照本地旧风俗当成"风水树"保留下来的。这些树木阅历多,经验足,对于本地近三十年新发生的任何事情似乎全不吃惊,只静静地看着面前一切。初初来到这个溪边的我,环境给我的印象和引起的联想,不免感到十分惊奇!一切陌生一切又那么熟悉。这实在和许多年前笔下涉及的一个地方太相像了,可能对它仿佛相熟的不只我一个人。犹如千年前唐代的诗人、宋代的画家,彼此虽生不同时,却由于某一时偶然曾经置身到这么一个相似自然环境中,而产生了些动人的诗歌或画幅。一首诗或者不过二十八个字,一幅画大小不过一方尺,留给后人的印象,却永远是清新壮丽,增加人对于祖国大好河山的感情。至于我呢,手中的笔业已荒疏了多年,忽然又来到这么一个地方,记忆习惯中的文字不免过于陈旧,触目景物人事却十分新鲜。在这种情形下,只有承认手中这支拙劣之笔,实在无可为力。

我为了温习四十年前生活经验,和二十四五年前笔下的经验,因此趁汽车待渡时,就沿了那一列青苍苍崖壁脚下走去,

随同那十几个乡下人一道上了小渡船。上船以后,不免有些慌张,心和渡船一样只是晃。临近身边那个船上人,像为安慰我而说话:

"慢慢地,慢慢地,站稳当点。你慌哪样!"

几个乡下人也同声说:"不要忙,不要忙,稳当点!"一齐对我善意望着。显然的事,我在船中未免有点狼狈可笑,已经不像个"家边人"样子。

大渡口路旁空处和圆坎上,都堆得有许多经过加工的竹木,等待外运。老楠竹多锯削成扁担大小长片,二三百缚成一捆,我才明白在北行火车上,经常看到满载的竹材,原来就是从这种山窝窝里运出去,往东北西北支援祖国工矿建设的。木材也多经过加工处理,纵横架成一座座方塔,百十根作一堆,显明是为修建湘川铁路而准备的。令我显得慌张的,并不尽是渡船的摇动,却是那个站在船头、嘱咐我不必慌张、自己却从从容容在那里当家做事的弄船女孩子。我们似乎相熟又十分陌生。世界上真有这种巧事,原来她比我小说中翠翠虽晚生几十年,所处环境自然背景却仿佛相同,同样,在这么青山绿水中摆渡,青春生命在慢慢长成。不同处是社会变化大,见世面多,虽然对人无机心,而对自己生存却充满信心。一种"从劳动中得到快乐增加幸福成功"的信心。这也正是一种新型的乡村女孩子在语言神气间极容易见到的共同特征。目前一位有一点与众不同,只是所在背景环境。

她大约有十四五岁的样子,除了胸前那个绣有"丹凤朝阳"的挑花围裙,其余装束神气都和一般青年作家笔下描写到的相差不多。有张长年在阳光下曝晒、在寒风中冻得黑中泛红的健康圆脸。双辫子大而短,是用绿胶线缚住的,还有双真诚无邪神光清莹的眼睛。两只手大大的,粗粗的,在寒风中也冻得通红。身上穿一件花布棉袄子,似乎前不多久才从自治州百货公司买来,稍微大了一点。这正是中国许多地方一种常见的新农民形象,内心也必然和外表完全统一。真诚、单纯、素朴,对本人明天和社会未来都充满了快乐的期待及成功的信心,而对于在她面前一切变化发展的新事物,更充满亲切好奇热情。文化程度可能只读到普通小学三年级,认得的字还不够看完报纸上的新闻纪事,或许已经做了寨里读报组小组长。新的社会正在起着深刻变化,她也就在新的生活教育中逐渐发育成长。目前最大的野心,是另一时州上评青年劳模,有机会进省里,去北京参观，看看天安门和毛主席。平时一面劳作一面想起这种未来，也会产生一种永远向前的兴奋和力量。生命形式即或如此单纯，可是却永远闪耀着诗歌艺术的光辉，同时也是诗歌艺术的源泉。两手攀援缆索操作的样子，一看就知道是个内行，摆渡船应当是她一家累代的职业。我想起合作化，问她一月收入时，她却笑了笑，告给我："这是我伯伯的船，不是我的。伯伯上州里去开会。我今天放假，赶场来往人多，帮他忙替半天工。"

"一天可拿多少工资分？"

"嗨，这也算钱吗？你这个人——"她于是抿嘴笑笑，扭过了头，面对汤汤流水和水中白鸭，不再答理我。像是还有话待我自己去体会，意思是："你们城里人会做生意，一开口就是钱。什么都卖钱。一心只想赚钱，别的可通通不知道！"她或许把我当成省里食品公司的干部了。我不免有一点儿惭愧起自心中深处。因为我还以为农村合作化后"人情"业已去尽，一切劳力交换都必须变成工资分计算。到乡下来，才明白还有许多事事物物，人和人相互帮助关系，既无从用工资分计算，也不必如此计算；社会样样都变了，依旧有些好的风俗人情变不了。

我很满意这次过渡的遇合,提起一句俗谚"同船过渡五百年所修",聊以解嘲。同船几个人同时不由笑将起来,因为大家都明白这句话意思是"缘法凑巧"。船开动后,我于是换过口气请教,问她在乡下做什么事情还是在学校读书。

她指着树丛后一所瓦屋说,"我家住在那边!"

"为什么不上学?"

"为什么?区里小学毕了业,这边办高级社,事情要人做,没有人。我就做。你看那些竹块块和木头,都是我们社里的!我们正在和那边村子比赛,看谁本领强,先做到功行圆满。一共是二百捆竹子,一百五十根枕木,赶年下办齐报到州里去。村里还派我办学校,教小娃娃,先办一年级。娃娃欢喜闹,闹翻了天我也不怕。这些小猴子,就只有我这只小猴子管得住。"

我随她手指点望去,第二次注意到堆积两岸竹木材料时,才发现靠村子码头边,正在六七个小顽童在竹捆边游戏,有两个已上了树,都长得团头胖脸。其中四个还穿着新棉袄子。我故意装作不明白问题:"你们把这些柱头砍得不长不短,好竹子也锯成片片,有什么用处?送到州里去当柴烧,大材小用,多不合算!"

她重重盯了我一眼,似乎把我底子全估计出来了,不是商业干部是文化干部,前一种人太懂生意经,后一种人又太不懂。"嗨,你这个人!竹子木头有什么用?毛主席说,要办社会主义,大家出把力气,事情就好办。我们湘西公路筑好了,木头、竹子、桐油、朱砂,一年不断往外运。送到好多地方去办工厂、开矿,什么都有用……"末了只把头偏着点点,意思像是"可明白?"。

我不由己地对着她跷起了大拇指,译成本地语言就是"大脚色"。又问她今年十几岁,十四还是十五。不肯回答,却抿起嘴微笑。好像说"你自己猜吧"。我再引用"同船过渡"那句老话表示好意,说得同船乡下人都笑了。一个中年妇人解去了拘束后,便插口说:"我家五毛子今年才十四岁,小学二年级,也砍了三捆竹子,要送给毛主席,办社会主义。两只手都冻破了皮,还不肯罢手歇气。"大渡船的一位听着,笑笑地,爱娇地,把自己两只在寒风中劳作冻得通红的手掌,反复交替摊着:"怕什么?比赛哩。别的国家多远运了大机器来,在等着材料砌房子。事情不巴忙做,可好意思吃饭?自家的事不做,等谁做!"

"是嘛,自家的事情自家做;大家做,就好办。"

新来汽车在新渡口嘟嘟叫着。小船到了潭中心,另一位向我提出了个新问题:"同志,你是从省里来的,可见过武汉长江大铁桥?什么时候完工?"

"看见过!那里有万千人笼夜赶工,电灯亮堂堂的,老远只听到机器哗喇哗喇地响,忙得真热闹!"

"办社会主义就是这样,好大一条桥!"

"你们难道看见过大铁桥?"那中年妇人问。

……说下去,我才知道她原来有个儿子在那边做工,年纪二十一岁,是从这边电厂调去的,一共挑选了七个人。电影队来放映电影时,大家都从电影上看过大桥赶工情形,由于家里有子侄辈在场,都十分兴奋自豪。我想起自治州百七十万人,共有三百四十万只勤快的手,都在同一心情下,为一个共同目的而进行生产劳动,长年手足贴近土地,再累些也不以为意。认识信念单纯而素朴,和生长在大城市中许多人的复杂头脑,及专会为自己好处做打算的种种乖巧机伶表现,相形之下真是无从并提。

小船恰当此时,"訇"地碰到了浅滩边石头上,闪不知船滞住。几个人于是又不免摇摇晃晃,而且在前仆后仰中相互笑嚷起来,"大家慢点嘛,慢点嘛,忙哪样!又不是看影子戏争前排,忙哪样!"

女孩子一声不响早已轻轻一跃跳上了石滩,用力拉着船缆,倾身向后奔,好让船中人逐一起岸,让另一批人上船。一种责任感和劳动的愉快结合,留给我一个要忘也不能忘的印象。

我站在干涸的石滩间,远望来处一切。那个隐在丛树后的小小村落,充满诗情画意。渡口悬崖罅缝间绿茸茸的,似乎还生长有许多虎耳草。白鸭子群已游到潭水出口处石坝浅滩边去了,远远地只看见一簇簇白点子在移动。我想起种种过去,也估计着种种未来,觉得事情好奇怪。自然景物的清美,和我另外一时笔下叙述到的一个地方,竟如此巧合。可是生存到这里的人,生命的发展却如此不同。这小地方和南中国任何傍河流其他乡村一样,劳动意义和生存现实,正起着深刻的变化。第一声信号还在十多年前,即那个青石板砌成的畚箕形渡口边一群小孩子游戏处,有一年这样冬晴天气,曾有过一辆中型专用客车在此待渡,有七个地方高级文武官员坐在车中,一阵枪声下同时死去。这是另外一时那个"爱惜鼻子的朋友"告诉我的。这故事如今可能只有管渡船的老人还记住,其他人全不知道,因为时间晃晃快过十年了。现在这个小地方，却正不声不响，一切如随同日月交替、潜移默运地在变化着。小渡船一会儿又回到潭中心去了。四围光景分外清寂。

在一般城里知识分子面前，我常常自以为是个"乡下人"，习惯性情都属于内地乡村型，不易改变。这个时节，我明白意识到，在这个十四五岁真正乡村女孩子那双清明无邪眼睛中看来，却只是个寄生城市里的"蛀米虫"，客气点说就是个"十足的、吃白米饭长大的城里人"。对于乡下的人事，我知道的多是百八十年前的老式样。至于正在风晴雨雪里成长，起始当家做主的新人，如何当家做主，我知道的实在太少了。

作于一九五七年五月

时 间

一切存在严格地说都需要"时间"。时间证实一切，因为它改变一切。气候寒暑，草木荣枯，人从生到死，都不能缺少时间，都从时间上发生作用。

常说到"生命的意义"或"生命的价值"。其实一个人活下去真正的意义和价值，不过占有几十个年头的时间罢了。生前世界没有他，他无意义和价值可言的；活到不能再活死掉了，他没有生命，他自然更无意义和价值可言。

正仿佛多数人的愚昧与少数人的聪明，对生命下的结论差不多都以为是"生命的意义同价值是活个几十年"，因此都肯定生活，那么吃，喝，睡觉，吵架，恋爱……活下去等待死，死后让棺木来装殓他，黄土来掩埋他，蛆虫来收拾他。生命的意义解释得如此单纯,"活下去,活着;倒下,死了",未免太可怕了。因此次一等的聪明人,同次一等的愚人,对生命的意义同价值找出第二种结论,就是"怎么样来耗费这几十个年头"。虽更肯定生活,那么吃,喝,睡觉,吵架,恋爱……然而生活得失取舍之间,到底就有了分歧。这分歧一看就明白的。大而言之,聪明人要理解生活,愚蠢人要习惯生活。聪明人以为目前并不完全好,一切应比目前更好,且竭力追求那个理想。愚蠢人对习惯完全满意,安于现状,保证习惯。

(在世俗观察上,这两种人称呼常常相反,安于习惯的被称为聪明人,怀抱理想的人却成愚蠢家伙。)

两种人即同样有个"怎么来耗费这几十个年头"的打算,要从人与人之间寻找生存的意义和价值,即或择业相同,成就却不相同。同样想征服颜色线条做画家,同样想征服乐器音声做音乐家,同样想征服木石铜牙及其他材料做雕刻家,甚至于同样想征服人身行为做帝王,同样想征服人心信仰做思想家或教主,一切结果都不会相同。因此世界上有大诗人,同时也就有蹩脚诗人,有伟大革命家,同时也有虚伪革命家。至于两种人目的不同,择业不同,即就更容易一目了然了。

看出生命的意义同价值，原来如此如此，却想在生前死后使生命发生一点特殊意义和永久价值，心性绝顶聪明，为人却好像傻头傻脑，历史上的释迦、孔子、耶稣，就是这种人。这种人或出世，或入世，或革命，或复古，活下来都显得很愚蠢，死过后却显得很伟大。屈原算得这种人另外一格，历史上这种人可并不多。可是每一时间或产生一个两个，就很像样子了。这种人自然也只能活个几十年，可是他的观念、他的意见、他的风度、他的文章，却可以在人类的记忆中几千年。一切人生命都有时间的限制，这种人的生命又似乎不大受这种限制。

话说回来，事事物物要时间证明，可是时间本身却又像是个极其抽象的东西，从无一个人说得明白时间是个什么样子。时间并不单独存在。时间无形，无声，无色，无臭。要说明时间的存在，还得回过头来从事事物物去取证。从日月来去，从草木荣枯，从生命存亡找证据。正因为事事物物都可为时间作注解，时间本身反而被人疏忽了。所以多数人提问到生命意义同价值时，没有一个人敢说"生命意义同价值，只是一堆时间"。"前不见古人，后不见来者"，这是一个真正明白生命意义同价值的人所说的话。老先生说这话时心中的寂寞可知！能说这话的是一个伟人，能理解这话的也不是一个凡人。目前的活人，大家都记得这两句话，却只有那些从日光下牵入牢狱，或从牢狱中牵上刑场的倾心理想的人，最了解这两句话的意义。因为说这话的人生命的耗费，同懂这话的人生命的耗费，异途同归，完全是为事实皱眉，却胆敢对理想倾心。他们的方法不同，他们的时代不同，他们的环境不同，他们的遭遇也不相同；相同的是他们的心，同样为人类向上向前而跳跃。

作于一九三五年十月

黄昏

雷雨过后,屋檐口每一个瓦槽还残留了一些断续的点滴,天空的雨已经不至于再落,时间也快要夜了。

日头将落下那一边天空,还剩有无数云彩,这些云彩阻拦了日头,却为日头的光烘出炫目美丽的颜色。这一边,有一些云彩镶了金边、白边、玛瑙边、淡紫边,如都市中妇人的衣缘,精致而又华丽。云彩无色不备,在空中以一种魔术师的手法,不断地在流动变化。空气因为雨后而澄清,一切景色皆如一人久病新瘥的神气。

这些美丽天空是南方的五月所最容易遇见的,在这天空下面的城市,常常是崩颓衰落的城市。由于国内连年的兵乱,由于各处种五谷的地面都成了荒田,加之毒物的普遍移植,农村经济因而宣告了整个破产，各处大小乡村皆显得贫穷和萧条，一切大小城市则皆在腐烂，在灭亡。

一个位置在长江中部×市地邑的某一县，小小的石头城里，城北一角，傍近城墙附近一带边街上人家，照习惯样子，到了这时节，各个人家黑黑的屋脊上小小的烟囱，都发出湿湿的似乎分量极重的柴烟。这炊烟次第而起，参差不齐，先是仿佛就不大高兴燃好，待到既已燃好，不得不勉强自烟囱跃出时，一出烟囱便无力上扬了。这些炊烟留连于屋脊，徘徊踌躇，团结不散，终于就结成一片，等到黄昏时节，便如帷幕一样，把一切皆包裹到薄雾里去。

××地方的城沿，因为一排平房同一座公家建筑，已经使这个地方任何时节都带了一点儿抑郁调子，为了这炊烟，一切变得更抑郁许多了。

这里一座出名公家建筑就是监狱。监狱里关了一些从各处送来不中用的穷人，以及十分老实的农民，如其余任何地方任何监狱一样。与监狱为邻，住的自然是一些穷人。这些穷人的家庭，大都是那么组成：一个男主人，一个女主人，以及一群大小不等的孩子。主人多数是各种仰赖双手挣取每日饭吃的人，其中以木工为多。妇人大致眼睛红红的，脸庞瘦瘦的，如害痨病的样子。孩子则几乎全部是生来不养不教，很希奇地活下来，长大以后不做乞丐，就只有去做罪人那种古怪生物。近年来，城市中许多人家死了人时，都只用蒲包同芦席卷去埋葬，棺木也不必需了，木工在这种情形中，生活全陷入不可以想象的凄惨境遇里去。有些不愿当兵不敢做匪又不能做工的，多数跑到城南商埠去做小工，不管什么工作都做，只要可以生活下去就成。有些还守着自己职业不愿改行的，就只整天留在家中，在那些发霉发臭的湿地上，用一把斧头削削这样砍砍那样，把旧木料做成一些简单家具，堆满了一屋，打发那一个接连一个而来无穷尽的灰色日子。妇人们则因为地方习惯，还有几件工作，可以得到一碗饭吃。由于细心，谨慎，耐烦，以及工资特别低廉种种长处，一群妇人还不至于即刻饿死。她们的工作多数是到城东莲子庄去剥点莲蓬，茶叶庄去拣选茶叶，或向一个鞭炮铺，去领取些零数小鞭炮，拿回家来编排爆仗，每一个日子可得一百文或五分钱。小孩子，年龄较大的，不管女孩男孩，也有跟了大人过东城做工，每日挣四十文左右的。只有那些十岁以下的孩子，大多数每日无物可吃，无事可做，皆提了小篮各处走去，只要遇到什么可以用口嚼的，就随手塞到口中去。有些不离开家宅附近的，便在监狱外大积水塘石堤旁，向塘边钓取鳝鱼。这水塘在过去一时，也许还有些用处，单从四围那些坚固而又笨重的石块垒砌的一条长长石堤看来，从它面积地位上看来，都证明这水塘在过去一时，或曾供给了全城人的饮料。但到如今，南城水井从山中导来了新水源，西城多用河水，这水塘却早已成为藏垢纳污的所在地了。塘水容纳了一切污水脏物，长年积水颜色黑黑的、绿绿的，上面盖了一层厚衣，在太阳下蒸发出一种异常的气味，各方点浅处，天气热时，就从泥底不断地喷涌出一些水泡。

监狱附近小孩子，因为水塘周围石堤罅穴多的是鳝鱼，新雨过后，天气凉爽了许多，塘水增加了些由各处汇集而来的雨水，也显得有了点生气。在浊水中过日子的鳝鱼，这时节便多伸出头来，贴近水面，把鼻孔向天呼吸新鲜空气。监狱附近住家的小孩子，于是很兴奋地绕了水塘奔走，全露出异常高兴的神气。他们把从旧扫帚上抽来的细细竹竿，尖端系上一尺来长的麻线，麻线上系了小铁钩，小铁钩钩了些蛤蟆小腿或其他食饵，很方便插到石罅里去后，就静静地坐在旁边看守着。一会儿竹竿极沉重地向下坠去，竹竿有时竟直入水里去了，面前那一个便捞着竹竿，很敏捷地把它用力一拉，一条水蛇一样的东西，便离开水面，在空中蜿蜒不已。把鳝鱼牵出水以后，大家嚷着笑着，争着跑过这一边来看取鳝鱼的大校。有人愿意把这鳝鱼带回家中去，留作家中的晚餐，有人又愿意就地找寻火种，把一些可以燃烧的东西收集起来，在火堆上烧鳝鱼吃。有时鳝鱼太小，或发现了这一条鳝鱼，属于习惯上所说的有毒黑鳝，大家便抽签决定，或大家在混乱中竞争抢夺着，打闹着，以战争来解决这一条鳝鱼所属的主人。直到把这条业已在争夺时弄得半死的鳝鱼，归于最后的一个主人后，这小孩子就用石头把那鳝鱼的头颅捣碎，才提着那东西的尾巴，奋力向塘中掷去，算是完成了钓鱼的工作。

天晚了，那些日里提了篮子，赤了双脚，沿了城墙走去的妇女，到这时节，都陆续回了家。回家途中从菜市过身，就把当天收入，带回些糙米、子盐、辣椒、过了时的瓜菜，以及一点花钱极少便可得到的猪肠牛肚，同一钱不花也可携回的鱼类内脏。每一家烟囱上的炊烟，就为处置这些食物而次第升起了。

因为妇人回了家,小孩子们有玩疲倦了的,都跑回家中去了。

有小孩子从城根跑来,向水塘边钓鱼小孩子嚷着:"队伍来提人了,已经到了曲街拐角上,一会儿就要来了。"大家知道兵士来此提人,有热闹可看了,呐一声喊,一阵风似的向监狱衙署外大院子集中冲去,等候队伍来时,欣赏那扛枪兵士的整齐步伐。

监狱里原关了百十个犯人,一部分为欠了点小债,或偷了点小东西,无可奈何犯了法被捉来的平民,大多数却为兵队从各处乡下捉来的农民。驻扎城中的军队,除了征烟苗税的十月较忙,其余日子就本来无事可做,常常由营长连长带了队伍出去,同打猎一样,走到附郭①乡下去,碰碰运气,随随便便用草绳麻绳,把这些乡下庄稼人捆上一批押解入城,牵到团部去胡乱拷问一阵,再寄顿到这狱中来。或于某种简单的糊涂的问讯中,告了结束,就在一张黄色桂花纸上,由书记照行式写成

---

① 附郭:也叫附廓,指两个或者两个以上不同层级的行政机构,处于同一个城郭内的现象。这里可理解为城郊。

甘结^①，把这乡下庄稼汉子两只手涂满了墨汁，强迫按捺到空白处，留下一双手模，算是承认了结上所说的一切，于是当时派队伍就把这人牵出城外空地上砍了。或者这人说话在行一点，还有几个钱，又愿意认罚，后来把罚款缴足，随便找寻一个保人，便又放了。在监狱附近住家的小孩子，除了钓鳝鱼以外，就是当军队派十个二十个弟兄来到监狱提人时，站在那院署空场旁，看那些装模作样的副爷，如何排队走进衙署里，后来就包围了监狱院墙外，等候看犯人外出。犯人提走后，若已经从那些装模作样的兵士方面，看出一点消息，知道一会儿这犯人愚蠢的头颅就得割下时，便又跟了这队伍后面向城中团部走去，在军营外留下来，一直等到犯人上身剥得精光，脸儿青青的，头发乱乱的，张着大口，半昏半死地被几个兵士簇拥而出时，小孩子们就在街头齐声呐喊着一句习惯的口号送行。

"二十年一条好汉，值价一点！"

犯人或者望望这边，也勉强喊一两声撑撑自己场面，或沉默地想到家中小猪小羊，又怕又乱，迷迷糊糊走去。

---

① 甘结：指旧时给官府的一种画押字据。

于是队伍过身了。到后面一点，是一个骑马的副官拿了军中大令，在黑色小公马上战摇摇地掌了黄龙大令也过身了。再后一点，就轮派到这一群小孩子了。这一行队伍大家皆用小跑步向城外出发，从每一条街上走过身时，便吸引了每一条街上的顽童与无事忙的人物。大伙儿到了应当到的地点，展开了一个圈子，留出必需够用的一点空地，兵士们把枪从肩上取下，装上了一排子弹，假作向外预备放的姿势，以为因此一来就不会使犯人逃掉，也不至于为人劫法。常看的人就在较远处围成了一个大圈儿。一切布置妥当后，刽子手从人丛中走出，把刀藏在身背后，走近犯人身边去，很友谊似的拍拍那乡下人的颈项，故意装成从容不迫的神气，同那业已半死的人嘱咐了几句话，口中一面说"不忙，不忙"，随即嚓地一下，那个无辜的头颅，就远远地飞去，发出沉闷而钝重的声音坠到地下了，颈部的血就同小喷泉一样射了出来，身子随即软软地倒下去，呐喊声起于四隅，犯人同刽子手同样地被人当作英雄看待了。事情完结以后，那位骑马的押队副官，目击世界上已经少了一个恶人，除暴安良的责任已尽，下了一个命令，领带队伍，命令在前面一点儿的号手，吹了得胜回营的洋号缴令去了。看热闹人也慢慢地走开了。小孩们不即走开,他们便留下来等待看到此烧纸哭泣的人,或看人收尸。这些尸首多数是不敢来收的,在一切人散尽以后,小孩子们就挑选了那个污浊肮脏的头颅作戏,先是用来作为一种游戏,到后常常互相扭打起来,终于便让那个气力较弱的人滚跌到血污中去,大家才一哄而散。

今天天气快晚了,又正落过大雨,不像要杀人的样子。

这个时节,那在监狱服务了十七年的狱丁,正赤了双脚在衙署里大堂面前泥水里,用铲子挖掘泥土,打量把积水导引出去。工作了已经好一阵,眼见得毫无效果,又才去解散一把竹扫帚,取出一些竹竿,想用它来扶持那些为暴雨所摧残业已淹卧到水中的向日葵。院落中这时有大部分还皆淹没在水里,这老狱丁从别处讨来的凤仙花、鸡冠花、洋菊同秋葵,以及一些为本地人所珍视的十样锦花,在院中土坪里各据了一畦空地,莫不皆浸在水中。狱丁照料到这样又疏忽了那样,所以做了一会儿事,看看什么都做不好,就不再做了,只站在大堂房檐下,望天上的晚云。一群窝窝头颜色茸毛未脱的雏鸭,正在花草之间的泥水中,显得很欣悦很放肆地游泳着,在水中扇动小小的肉翅,呀呀地叫嚷,各把小小红嘴巴连头插进水荡中去,后身撅起如一顶小纱帽，其中任何一只小鸭含了一条蚯蚓出水时，其余小鸭便互相争夺不已。

老狱丁正计算到属于一生的一笔账项，数目弄得不大清楚，为了他每个月的薪俸是十二串，这钱分文不动已积下五年，应承受这一笔钱的过房儿子已看好了，自己老衣也看好了，寿木也看好了，他把一切处置得妥当后，却来记忆追想，为什么年轻不结婚。他想起自己在营伍中的荒唐处，想起几个与生活有关白脸长眉的女人，一道回忆的伏流，正流过那衰弱敝旧的心上，眼睛里燃烧了一种青春的湿光。

只听到外边有人喊"立正，稍息"，且有马项铃响，知道是营上来送人提人的，故忙匆匆地蹚了水出去，看是什么事情。

军官下了马后，长统皮靴在院子里水中堂堂地走着，一直向衙署里面走去，守卫的岗警立了正，一句话也不敢询问，让这人向侧面闯去，后面跟了十个兵士，狱卒在二门前迎面遇到了军官，又赶忙飞跑进去，向典狱官报告去了。

典狱官是一个在烟灯旁讨生活的人物，这时正赤脚短褂坐在床边，监督公丁蹲在地下煨菜，玄想到种种东方形式的幻梦，狱卒在窗下喊着：

"老爷，老爷，营上来人了！"

这典狱官听到营上来人，可忙着了，拖了鞋就向外跑。

军官在大堂上站定了，用手指弄着马鞭末端的穗组，兵士皆站在檐口前，典狱官把一串长短不一的钥匙从房中取出来，另外又携了一本寄押人犯的账簿，见了军官时就赶忙行礼，笑眯眯地侍候到军官，喊公丁赶快搬凳子倒茶出来。

"大人，要几个？"

军官一句话不说，递给了典狱官一个写了人名的字条，这典狱官就在暮色满堂的衙署大堂上轻轻地念着那个字条，把它看过了，忙说"是的，是的"，就首先带路拿了那串钥匙，夹了那本账簿，向侧面牢狱走去。一会儿几个人都在牢狱双重门外站定了。

老狱丁把钥匙套进锁口里去，开了第一道门又开第二道门，门开了，里面已黑黑的，只见远处一些放光的眼睛，同模糊的轮廓，典狱官按着名单喊人。

"赵天保，赵天保，杨守玉，杨守玉。"

有两只放光的眼睛出来了，怯怯地跑过来，自己轻轻地说着"杨守玉，杨守玉"，一句别的话也不说，让兵士拉出去了。

典狱官见来了一个，还有一个，又重新喊着姓赵的人名，狱丁也嘶着喉咙帮同喊叫，可是叫了一阵人还是不出来。只听到黑暗里有乡下人口音：

"天保，天保，叫你去，你就去，不要怕，一切是命！"

另外还有人轻轻地说话，大致都劝他出去，因为不出去也是不行的。原来那个被提的人害怕出去，这时正躲在自己所住的一堆草里。这是一种已成习惯的事情，许多乡下人，被拷打过一次，或已招了什么，在狱中住下来，一听到提人叫到自己名姓时，就死也不愿意再出去，一定得一些兵士走进来，横拖竖拉才能把他弄出。这种事在狱中是常有的，军人同狱官也看惯了，狱官这时望了一望军官，军官望了一望兵士，几个人就一拥而进到里面去了。于是黑暗中起了殴打声，喘气声，以及一个因为死命抱着柱子不放，一群七手八脚的动作，抵抗征服的声音。一会儿，便看见一团东西送出去了。典狱官知道事情业已办好，把门一道一道关好，一一地重新加上笨重的铁锁，同军官离开了牢狱，回到大堂，验看了犯人一下，尽了应尽的手续，正想说几句应酬话，谈谈清乡的事情，禁烟的事情，军官努努嘴唇，一队人马重新排队，预备开步走出衙署了。

老狱卒走过那个先是不愿意离开牢狱,被人迫出以后,满脸是血目露凶光的乡下人身边来,"天保,有什么事情没有?"犯人口角全是血,喘息着,望到业已为落日烧红的天边,仿佛想得很远很远,一句话一个表示都没有。另外一个乡下人样子,老老实实的,却告给狱吏:

"大爷,我砦^①上人来时,请你告诉他们,我去了,只请他们帮我还村中漆匠五百钱,我应当还他这笔钱。……"

于是队伍堂堂地走去了。典狱官同狱卒送出大门,站到门外照墙边,看军官上了马,看他们从泥水里走去。在门外业已等候了许久的小孩子们,也有想跟了走去,却为家中唤着不许跟去,只少数留在家中也无晚饭可吃的小孩,仍然很高兴地跟着跑去。天上一角全红了,典狱官望到天空,狱卒也望天空,一切是那么美丽而静穆。一个公丁正搬了高凳子来,把装满了菜油的小灯,搁到衙署大门前悬挂的门灯上去,大门口全是泥泞,凳子因为在泥泞中摇晃不定,典狱官见着时正喊:

"小心一点!小心一点!"

---

① 砦:同寨。

虽然那么嘱咐，可是到后凳子仍然翻倒了，人跌到地下去，灯也跌到地下了。灯油溅泼了一地，那人就坐在油里不知如何是好。典狱官心中正有一点儿不满意适间那军官的神气，就大声说：

"我告诉你小心一点，比营上火夫还粗卤，真混账！"

小孩子们没有散尽的，为这件事全聚集了拢来。

岗警把小孩子驱散后，典狱官记起了自己房中煨的红烧肉，担心公丁已偷吃去一半，就小小心心地从那满是菜油的泥泞里走进了衙门。狱丁望望那坐在泥水里的公丁，努努嘴，意思以为起来好一点，坐在地下有什么用，也跟着进去了。

天上红的地方全变为紫色，地面一切角隅皆渐渐地模糊起来，于是居然夜了。

沉默

读完一堆从各处寄来的新刊物后,仿佛看完了一场连台大戏,留下种热闹和寂寞混合的感觉。为一个无固定含义的名词争论的文章,占去刊物篇幅不少,留给我的印象却不深。

我沉默了两年。这沉默显得近于有点自弃,有点衰老。是的。古人说,"玩物丧志",两年来我似乎就在用某种癖好系住自己。我的癖好近于压制性灵的碇石,铰残理想的剪子。需要它,我的存在才能够贴近地面,不至于转入虚无。我们平时见什么作家搁笔略久时,必以为"这人笔下枯窘,因为心头业已一无所有"。我这支笔一搁下就是两年。我并不枯窘。

泉水潜伏在地底流动,炉火闪在灰里燃烧,我不过不曾继续使用它到那个固有工作上罢了。一个人想证明他的存在,有两个方法：其一从事功上由另一人承认而证明；其一从内省上由自己感觉而证明。我用的是第二种方法。我走了一条近于一般中年人生活内敛以后所走的僻路。寂寞一点，冷落一点，然而同别人一样是"生存"。或者这种生存从别人看来叫作"落后"，那无关系。两千年前的庄周，仿佛比当时多少人都落后一点。那些善于辩论的策士，长于杀人的将帅，人早死尽了，到如今，你和我读《秋水》《马蹄》时，仿佛面前还站有那个落后的衣着敝旧、神气落拓、面貌平常的中年人。

我不写作，却在思索写作对于我们生命的意义，以及对于这个社会明天可能产生的意义。我想起三千年来许多人，想起这些人如何使用他那一只手。有些人经过一千年或三千年，那只手还依然有力量能揪住多数人的神经或感情，屈抑它，松弛它，绷紧它，完全是一只有魔力的手。每个人都是同样的一只手，五个指头，尖端缀覆个淡红色指甲，关节处有一些微涡和小皱，背面还萦绕着一点隐伏在皮肤下的青色筋络。然而有些人的手却似乎特有魔力。是不是我们每个人都可以把自己的手变成一只魔手？是不是只要我们愿意，就可以把自己一只手成为光荣的手？

我知道我们的手不过是人类一颗心走向另一颗心的一道桥梁，做成这桥梁取材不一，可以用金玉木石（建筑或雕刻），也可以用颜色线条（绘画），也可以用看来简单用来复杂的符号（音乐），也可以用文字，用各种不同的文字。也可以单纯进取，譬如说，当你同一个青年女子在一处，相互用沉默和微笑代替语言犹有所不足时，它的小小活动就能够使一颗心更靠近一颗心。既然是一道桥梁，借此通过的自然就贵贱不一。将军凯旋由此通过，小贩贸易也由此通过。既有人用它雕凿大同的石窟、和田的碧玉，也就有人用它编织芦席，削刮小挖耳子。故宫所藏宋人的《雪山图》《洞天山堂》等伟大画幅，是用手作成的。《史记》是一个人写的。《肉蒲团》也是一个人写的。既然是一道桥梁，通过的当然有各种各色的人性，道德可以通过，罪恶也无从拒绝。只看那个人如何使用它，如何善于用心使用它。

提起道德和罪恶，使我感到一点迷惑。我不注意我这只手是否能够拒绝罪恶，倒是对于罪恶或道德两个名词想仔细把它弄清楚些。平时对于这两个名词显得异常关心的人，照例却是不甚追究这两个名词意义的人。我们想认识它。如制造燋饼人认识燋饼，到具体认识它的无固定性时，这两个名词在我们个人生活上,实已等于消灭无多意义了。文学艺术历史总是在"言志"和"载道"意义上,人人都说艺术应当有一个道德的要求,这观念假定容许它存在,创作最低的效果,应当是给自己与他人以把握得住共通的人性达到交流的满足,由满足而感觉愉快,有所启发,形成一种向前进取的勇气和信心。这效果的获得,可以说是道德的。但对照时下风气,造一点点小谣言,诪张为幻,通常认为不道德,然而倘若它也能给某种人以满足,也间或被一些人当作"战略运用",看来又好像是道德的了。道德既随人随事而有变化,它即或与罪恶是两个名词,事实上就无时不可以对调或混淆。一个牧师对于道德有特殊敏感,为道德的理由,终日手持一本《圣经》,到同夫人勃谿,这勃谿且起源于两人生理上某种缺陷时,对于他最道德的书,他不能不承认,求解决问题,倒是一本讨论关于两性心理如何调整的书。一个律师对于道德有他一定的提法,当家中孩子被沸水烫伤时,对于他最道德的书,倒是一本新旧合刊的《丹方大全》。若说道德邻于人类向上的需要,有人需要一本《圣经》,有人需要一本《太上感应篇》,但我的一个密友,却需要我写一封甜蜜蜜充满了温情与一点轻微忧郁的来信,因为他等待着这个信,我知道！如说多数需要是道德的，事实上多数需要的却照例是一个作家所不可能照需要而给与的。大多数伟大作品，是因为它"存在"，成为多数需要。并不是因为多数"需要"，它因之"产生"。我的手是来照需要写一本《圣经》，或一本《太上感应篇》，还是好好地回我那个朋友一封信，很明显的是我可以在三者之间随意选择。我在选择。但当我能够下笔时，我一定已经忘掉了道德和罪恶，也同时忘了那个多数。

我始终不了解一个作者把"作品"与为"多数"连缀起来，努力使作品庸俗、雷同、无个性、无特性，却又希望它长久存在，以为它因此就能够长久存在，这一个观念如何能够成立。溪面群飞的蜻蜓够多了，倘若有那么一匹小生物，倦于骚扰，独自休息在一个岩石上或一片芦叶上，这休息，且是准备看一种更有意义的振翅，这休息不十分坏。我想，沉默两年不是一段长久的时间，若果事情能照我愿意做的做去，我还必须把这分沉默延长一点。

这也许近于逃遁，一种对于多数骚扰的逃遁。人到底比蜻蜓不同，生活复杂得多，神经发达得多。也必然有反应，被刺激过后的反应。也必然有直觉，基于动物求生的直觉。但自然既使人脑子进化得特别大,好像就是凡事多想一想,许可人向深处走,向远处走,向高处走。思索是人的权利,也是人其所能生存能进步的工具。什么人自愿抛弃这种权利,那是个人的自由,正如一个酒徒用剧烈酒精燃烧自己的血液,是酒徒的自由。可是如果他放下了那个生存进步的工具,以为用另外一种简单方式可以生存,尤其是一个作者,一个企图用手作为桥梁,通过一种理想,希望作品存在,与肉体脱离而还能独立存在若干年,与事实似乎不合。自杀不是求生的方式,谐俗其实也不尽是求生的方式。作品能存在,仰赖读者,然对读者在乎启发,不在乎媚悦。通俗作品能够在读者间存在的事实正多,然"通俗"与"庸俗"却又稍稍不同。无思索的一唱百和,内容与外形的一致摹仿,不可避免必陷于庸俗。庸俗既不能增人气力,也不能益人智慧。在行为上一个人若带着教训神气向旁人说:"人应当用手足同时走路,因为它合乎大多数的动物本性或习惯。"说这种话的人,很少不被人当作疯子。然而在文学创作上,类似的教训对作家却居然大有影响。原因简单,就是大多数人知道要出路,不知道要脑子。随波逐流容易见好,独立逆风需要魄力。

友情

一九八〇年十一月,我初次到美国哥伦比亚大学一个小型的演讲会讲话后,就向一位教授打听在哥大教中文多年的老友王际真先生的情况,很想去看看他,际真曾主持哥大中文系达二十年,那个系的基础,原是由他奠定的。即以《红楼梦》一书研究而言,他就是把这部十八世纪中国著名小说节译本介绍给美国读者的第一人。

人家告诉我,他已退休二十年了,独自一人住在大学附近一个退休教授公寓三楼中,后来又听另外人说,他的妻不幸早逝,因此人很孤僻,长年把自己关在寓所楼上,既极少出门见人,也从不接受任何人的拜访,是个古怪老人。

我和际真认识,是在一九二八年。那年他由美返国,将回山东探亲,路过上海,由徐志摩先生介绍我们认识的。此后曾继续通信。我每次出了新书,就给他寄一本去。我不识英语,当时寄信用的信封,全部是他写好由美国寄我的。一九二九到一九三一年间,我和一个朋友生活上遭到意外困难时,还前后得到他不少帮助。际真长我六七岁,我们一别五十余年,真想看看这位老大哥,同他叙叙半世纪隔离彼此不同的情况。因此回到新港我姨妹家不久,就给他写了个信,说我这次到美国,很希望见到几个多年不见的旧友,如邓嗣禹、房兆楹和他本人,准备去纽约专诚拜访。回信说,在报上已见到我来美消息。目前彼此都老了,丑了,为保有过去年轻时节印象,不见面还好些。果然有些古怪。但我想,际真长期过着极端孤寂的生活,是不是有一般人难于理解的隐衷?且一般人所谓"怪",或许倒正是目下认为活得"健康正常人"中业已消失无余的稀有难得的品质。

虽然回信像并不乐意和我们见面,我们——兆和、充和、傅汉思和我,曾两次电话相约两度按时到他家拜访。第一次一到他家,兆和、充和即刻就在厨房忙起来了。尽管他连连声称厨房不许外人插手,还是为他把一切洗得干干净净。到把我们带来的午饭安排上桌时,他却承认做得很好。他已经八十五六岁了,身体精神看来还不错。我们随便谈下去,谈得很愉快。他仍然保有山东人那种爽直淳厚气质。使我惊讶的是,他竟忽然从抽屉里取出我的两本旧作,《鸭子》和《神巫之爱》!那是我二十年代中早期习作,还是我出的第一个综合性集子。这两本早年旧作,不仅北京上海旧书店已多年绝迹,连香港翻印本也不曾见到。书已经破旧不堪,封面脱落了,由于年代过久,书页变黄了,脆了,翻动时,碎片碎屑直往下掉。可是,能在万里之外的美国,见到自己早年不成熟不像样子的作品,还被一个古怪老人保存到现在,这是难以理解的,这感情是深刻动人的!

谈了一会儿,他忽然又从什么地方取出一束信来,那是我在一九二八到一九三一年写给他的。翻阅这些五十年前的旧信,它们把我带回到二十年代末期那段岁月里,令人十分怅惘。其中一页最最简短的,便是这封我向他报告志摩遇难的信:

际真:

志摩十一月十九日十一点三十五分乘飞机撞死于济南附近

"开山"。飞机随即焚烧,故二司机成焦炭。志摩衣已尽焚去,全身颜色尚如生人,头部一大洞,左臂折断,左腿折碎,照情形看来,当系飞机坠地前人即已毙命。二十一此间接到电后,二十二我赶到济南,见其破碎遗骸,停于一小庙中。时尚有梁思成等从北平赶来,张嘉铸从上海赶来,郭有守从南京赶来。二十二晚棺木运南京转上海,或者尚葬他家乡。我现在刚从济南回来,时一九三一年十一月二十三早晨。

那是我从济南刚刚回青岛,即刻给他写的。志摩先生是我们友谊的桥梁,纵然是痛剡人心的噩耗,我不能不及时告诉他。如今这个才气横溢光芒四射的诗人辞世整整有了五十年。当时一切情形,保留在我印象中还极其清楚。

那时我正在青岛大学中文系教书。十一月二十一日下午,文学院几个比较相熟的朋友,正在校长杨振声先生家吃茶谈天,忽然接到北平一个急电。电中只说志摩在济南不幸遇难,北平、南京、上海亲友某某将于二十二日在济南齐鲁大学朱经农校长处会齐。电报来得过于突兀,人人无不感到惊愕。我当时表示,想搭夜车去济南看看,大家认为很好。第二天一早车抵济南,我赶到齐鲁大学，由北平赶来的张奚若、金岳霖、梁思成诸先生也刚好到达。过不多久又见到上海来的张嘉铸先生和穿了一身孝服的志摩先生的长子，以及从南京来的张慰慈、郭有守两先生。随即听到受上海方面嘱托为志摩先生料理丧事的陈先生谈遇难经过，才明白出事地点叫"开山"，本地人叫"白马山"。山高不过一百米。京浦车从山下经过，有个小站可不停车。飞机是每天飞行的邮航班机，平时不售客票，但后舱邮包间空处，有特别票仍可带一人。那日由南京起飞时气候正常，因济南附近大雾迷途，无从下降，在市空盘旋移时，最后撞在白马山半斜坡上起火焚烧。消息到达南京邮航总局，才知道志摩先生正在机上。灵柩暂停城里一个小庙中。

早饭后，大家就去城里偏街瞻看志摩先生遗容。那天正值落雨，雨渐落渐大，到达小庙时，附近地面已全是泥浆。原来这停灵小庙，已成为个出售日用陶器的堆店。院坪中分门别类搁满了大大小小的缸、罐、沙锅和土碗，堆叠得高可齐人。庙里面也满是较小的坛坛罐罐。棺木停放在入门左侧贴墙处，像是临时腾出来的一点空间，只容三五人在棺边周旋。

志摩先生已换上济南市面所能得到的一套上等寿衣：戴了

顶瓜皮小帽,穿了件浅蓝色绸袍,外加个黑纱马褂,脚下是一双粉底黑色云头如意寿字鞋。遗容见不出痛苦痕迹,如平常熟睡时情形,十分安详。致命伤显然是飞机触山那一刹那间促成的。从北京来的朋友,带来个用铁树叶编成径尺大小花圈,如古希腊雕刻中常见的式样,一望而知必出于志摩先生生前好友思成夫妇之手。把花圈安置在棺盖上,朋友们不禁想到,平时生龙活虎般、天真纯厚、才华惊世的一代诗人,竟真如"为天所忌",和拜伦、雪莱命运相似,仅只在人世间活了三十多个年头,就突然在一次偶然事故中与世长辞!志摩穿了这么一身与平时性情爱好全然不相称的衣服,独自静悄悄躺在小庙一角,让檐前点点滴滴愁人的雨声相伴,看到这种凄清寂寞景象,在场亲友忍不住人人热泪盈眶。

我是个从小遭受至亲好友突然死亡比许多人更多的人,经受过多种多样城里人从来想象不到的噩梦般生活考验,我照例从一种沉默中接受现实。当时年龄不到三十岁,生命中像有种青春火焰在燃烧,工作时从不知道什么疲倦。志摩先生突然的死亡,深一层体验到生命的脆弱倏忽,自然使我感到分外沉重。觉得相熟不过五六年的志摩先生,对我工作的鼓励和赞赏所产生的深刻作用，再无一个别的师友能够代替，因此当时显得格外沉默，始终不说一句话。后来也从不写过什么带感情的悼念文章。只希望把他对我的一切好意热忱，反映到今后工作中，成为一个永久牢靠的支柱，在任何困难情况下，都不灰心丧气。对人对事的态度，也能把志摩先生为人的热忱坦白和平等待人的希有好处，加以转化扩大到各方面去，形成长远持久的影响。因为我深深相信，在任何一种社会中，这种对人坦白无私的关心友情，都能产生良好作用，从而鼓舞人抵抗困难，克服困难，具有向上向前意义的。我近五十年的工作，从不断探索中所得的点滴进展，显然无例外都可说是这些朋友纯厚真挚友情光辉的反映。

人的生命会忽然泯灭，而纯挚无私的友情却长远坚固永在，且无疑能持久延续，能发展扩大。

作于一九八一年八月北京

生命

我好像为什么事情很悲哀,我想起"生命"。

……

有什么人能用绿竹做弓矢,射入云空,永不落下?我之想象,犹如长箭,向云空射去,去即不返。长箭所注,在碧蓝而明静之广大虚空。

明智者若善用其明智,即可从此云空中,读示一小文,文中有微叹与沉默,色与香,爱和怨。无著者姓名。无年月。无故事。无……然而内容极柔美。虚空静寂,读者灵魂中如有音乐。虚空明蓝,读者灵魂上却光明净洁。

大门前石板路有一个斜坡,坡上有绿树成行,长干弱枝,翠叶积叠,如翠翟,如羽葆,如旗帜。常有山灵,秀腰白齿,往来其间。遇之者即喑哑。爱能使人喑哑——一种语言歌呼之死亡。"爱与死为邻"。

然抽象的爱,亦可使人超生。爱国也需要生命,生命力充溢者方能爱国。至如阉寺性的人,实无所爱,对国家,貌作热诚,对事,马马虎虎,对人,毫无情感,对理想,异常吓怕。也娶妻生子,治学问教书,做官开会,然而精神状态上始终是个阉人。与阉人说此,当然无从了解。

夜梦极可怪。见一淡绿百合花,颈弱而花柔,花身略有斑点青渍,倚立门边微微动摇。在不可知地方好像有极熟习的声音在招呼:

"你看看好,应当有一粒星子在花中。仔细看看。"

于是伸手触之。花微抖,如有所怯。亦复微笑,如有所恃。因轻轻摇触那个花柄,花蒂,花瓣。近花处几片叶子全落了。

如闻叹息,低而分明。

雷雨刚过。醒来后闻远处有狗吠,吠声如豹。半迷糊中卧床上默想,觉得惆怅之至。因百合花在门边动摇,被触时微抖或微笑,事实上均不可能!

起身时因将经过记下,用半浮雕手法,如玉工处理一片玉石，琢刻割磨。完成时犹如一壁炉上小装饰。精美如瓷器，素朴如竹器。

一般人喜用教育身份来测量一个人道德程度。尤其是有关乎性的道德。事实上这方面的事情，正复难言。有些人我们应当嘲笑的，社会却常常给以尊敬，如阉寺。有些人我们应当赞美的，社会却认为罪恶，如诚实。多数人所表现的观念，照例是与真理相反的。多数人都乐于在一种虚伪中保持安全或自足心境。因此我焚了那个稿件。我并不畏惧社会，我厌恶社会，厌恶伪君子，不想将这个完美诗篇，被伪君子眼目所污渎。

百合花极静。在意象中尤静。

山谷中应当有白中微带浅蓝色的百合花，弱颈长蒂，无语如语，香清而淡，躯干秀拔。花粉作黄色，小叶如翠珰。

法朗士曾写一《红百合》故事，述爱欲在生命中所占地位，所有形式，以及其细微变化。我想写一《绿百合》，用形式表现意象。

月下

"求你将我放在你心上如印记,带在你臂上如戳记。"我念诵着雅歌来希望你,我的好人。

你的眼睛还没掉转来望我,只起了一个势,我早惊乱得同一只听到弹弓弦子响中的小雀了。我是这样怕与你灵魂接触,因为你太美丽了的缘故。

但这只小雀它愿意常常在弓弦响声下惊惊惶惶乱窜,从惊乱中它已找到更多的舒适快活了。

在青玉色的中天里,那些闪闪烁烁的星群,有你的眼睛存在:因你的眼睛也正是这样闪烁不定,且不要风吹。

在山谷中的溪涧里,那些清莹透明的出山泉,也有你的眼睛存在:你眼睛我记着比这水还清莹透明,流动不止。

我侥幸又见到你一度微笑了,是在那晚风为散放的盆莲旁边。

这笑里有清香,我一点都不奇怪,本来你笑时是有种比清香还能沁人心脾的东西!

我见到你笑了,还找不出你的泪来。当我从一面篱笆前过身,见到那些嫩紫色牵牛花上负着的露珠,便想:倘若是她有什么不快事缠上了心,泪珠不是正同这露珠一样美丽,在凉月下会起虹彩吗?

我是那么想着,最后便把那朵牵牛花上的露珠用舌子舔干了。

怎么这人哪,不将我泪珠穿起?你必不会这样来怪我,我实在没有这种本领。我头发白得太多了,纵使我能,也找不到穿它的东西!

病渴的人,每日里身上疼痛,心中悲哀,你当真愿意不愿给渴了的人一点甘露喝?

这如像做好事的善人一样,可怜路人的渴涸,济以茶汤。

恩惠将附在这路人心上,做好事的人将蒙福至于永远。

我日里要做工,没有空闲。在夜里得了休息时,便沿着山涧去找你。我不怕虎狼,也不怕伸着两把钳子来吓我的蝎子,只想在月下见你一面。

碰到许多打起小小火把夜游的萤火,问它:"朋友朋友,你曾见过一个人吗?"它说:"你找那个人是个什么样子呢?"

我指那些闪闪烁烁的群星:"哪,这是眼睛。"

我指那些飘忽白云:"哪,这是衣裳。"

我要它静心去听那些涧泉和音:"哪,她声音同这一样。"

我末了把刚从花园内摘来那朵粉红玫瑰在它眼前晃了一下:"哪,这是脸。"

这些小东西,虽不知道什么叫作骄傲,还老老实实听我所说的话。但当我问它听清楚没有,只把头摇了摇就想跑。

"怎么,究竟见不见到呢?"——我赶着它追问。"我这灯笼照我自己全身还不够!先生,放我吧,不然,我会又要绊倒在那些不忠厚的蜘蛛设就的圈套里……虽然它也不能奈何我,但我不愿意同它麻烦。先生,你还是问别个吧,再扯着我会赶不上她们了。"——它跑去了。

我行步迟钝，不能同它们一起满山遍野去找你——但凡是山上有月色流注到的地方我都到了，不见你的踪迹。

回过头去，听那边山下有歌声飘扬过来，这歌声出于日光只能在墙外徘徊的狱中。我跑去为他们祝福：你那些强健无知的公绵羊啊！

神给了你强健却吝了知识：每日和平守分地咀嚼主人给你们的窝窝头，疾病与忧愁永不凭附于身；你们是有福了——阿门！

你那些懦弱无知的母绵羊啊！

神给了你温柔却吝了知识：每日和平守分地咀嚼主人给你们的窝窝头，失望与忧愁永不凭附于身；你们也是有福了——阿门！

世界之霉一时侵不到你们身上，你们但和平守分地生息在圈牢里：能证明你主人的恩惠——同时证明了你主人的富有；你们都是有福了——阿门！

当我起身时，有两行眼泪挂在脸上。为别人流还是为自己流呢？

我自己还要问他人。但这时除了中天那轮凉月外，没有能做证明的人。

我要在你眼波中去洗我的手，摩到你的眼睛，太冷了。

倘若你的眼睛真是这样冷，在你鉴照下，有个人的心会结成冰。

作于一九二五年

这时节我软弱得很,因为我爱了世界,爱了人类。

伍

附录

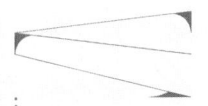  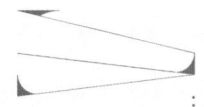

一九八八年,沈从文临终,家人问他还有什么要说。他回答:"我对这个世界没有什么好说了。"五月十日,饱经沧桑的沈从文安详地离开了人世,把无限的眷恋留给了白发苍苍的妻子,他的爱情,一如无限柔美的湘西。

张兆和在沈从文逝世之后,开始整理沈从文的文稿。"从文同我相处,这一生,究竟是幸福还是不幸?得不到回答。我不理解他,不完全理解他。后来逐渐有了些理解,但是,真正懂得他的为人,懂得他一生承受的重压,是在整理编选他遗稿。过去不知道的,如今知道了;过去不明白的,如今明白了。他不是完人,却是个稀有的善良的人。"

张兆和致沈从文之一

（一九三四年一月八日）

二哥：

乍醒时，天才蒙蒙亮，猛然想着你，猛然想着你，心便跳跃不止。我什么都能放心，就只不放心路上不平靖，就只担心这个。因为你说的，那条道不容易走。我变得有些老太婆的迂气了，自打你决定回湘后，就总是不安，这不安在你走后似更甚。不会的，张大姐说，沈先生人好心好，一路有菩萨保佑，一定是风调雨顺一路平安到家的。不得已，也只得拿这些话来自宽自慰。虽是这么说，你一天不回来，我一天就不放心。一个月不回来，一个月中每朝醒来时，总免不了要心跳。还怪人担心吗？想想看，多远的路程多久的隔离啊。

你一定早到家了。希望在你见到此信时，这里也早已得到你报告平安的电信。妈妈见了你，心里一快乐，病一定也就好了。不知道你是不是照到我们在家里说好的，为我们向妈妈同大哥特别问好。

昨天回来时，在车子上，四妹老拿膀子拐我。她惹我，说我会哭的，同九妹拿我开玩笑。我因为心里难受，一直没有理她们。今天我起得很早，精神也好，因为想着是替你做事，我要好好地做。我在给你写信，四妹伸头缩脑的，九妹问我要不要吃窠鸡子。我笑死了。

路上是不是很苦？这条路我从未走过，想象不到是什么情形，总是辛苦就是了。

我希望下午能得到你信。

兆和
一月八日晨

张兆和致沈从文之二

(一九三四年一月九日第一信)

从文二哥:

  只在于一句话的差别,情形就全不同了。三四个月来,我从不这个时候起来,从不不梳头、不洗脸,就拿起笔来写信的。只是一个人躺到床上,想到那为火车载着愈走愈远的一个,在暗淡的灯光下,红色毛毯中露出一个白白的脸。为了那张仿佛很近实在又极远的白脸,一时无法把捉得到,心里空虚得很!因此,每一丝声息,每一个墙外夜行人的步履声音,敲打在心上都发生了绝大的反响,又沉闷,又空洞。因此,我就起来了。我计算着,今晚到汉口,明天到长沙,自明天起,我应该加倍担着心，一直到得到你平安到家的信息为止。听你们说起这条道路之难行，不下于难于上青天的蜀道，有时想起来，又悔不应敦促你上路了。倘若当真路途中遇到什么困难，吃多少苦，受好些罪，那罪过，二哥，全数由我来承担吧。但只想想，你一到家，一家人为你兴奋着，暮年的病母能为你开怀一笑，古老城池的沉静空气也一定为你活泼起来，这么样，即或往返受二十六个日子的辛苦，也仍然是值得的。再说，再说这边的两只眼睛、一颗心，在如何一种焦急与期待中把白日同黑夜送走，忽然有一天，有那么一天，一个瘦小的身子挨进门来，那种欢喜，唉，那种欢喜，你叫我怎么说呢？总之，一切都是废话，让两边的人耐心地等待着，让时间把那个值得庆祝的日子带来吧。

现在，现在要轮到你来告诉我一些到家后的情形了。家里是怎么样欢迎你来着？老人家的精神是不是还好？你那大哥，是不是正如你所说的，卷起两只袖口，拿一把油油的锅铲忙出忙进？大哥大嫂三哥三嫂你记着替我同九妹致意没有？尤其是大嫂，代替大家服侍了妈十几年，对她你应该致最大的尊敬。

嫂嫂们,你记着,别太累她们。你到家见妈时,记着把那件脏得同抹布样子的袍子换下来,穿一件干净的么?你应当时时注意妈妈房里空气的流通,谈话时,探听点老人家想吃点外面的什么东西,将来好寄。真的,有好些事我都忘了叮嘱你,直至走后才一件一件想起来,已来不及了……还有,到家后少出门,即或出门也以少发议论为妙。苗乡你是不暇去的了。听说你那个城子,要不了一会儿能可以走遍,你是不是也看过一道?一切与十五年前有什么不同?

三三
九日清晨

张兆和致沈从文之三

(一九三四年一月九日第二信)

亲爱的二哥：

你走了两天，便像过了许多日子似的。天气不好。你走后，大风也刮起来了，像是欺负人，发了狂似的到处粗暴地吼。这时候，夜间十点钟，听着树枝干间的怪声，想到你也许正下车，也许正过江，也许正紧随着一个挑行李的脚夫，默默地走那必须走的三里路。长沙的风是不是也会这么不怜悯地吼，把我二哥的身子吹成一块冰？为这风，我很发愁，就因为自己这时坐在温暖的屋子里，有了风，还把心吹得冰冷。我不知道二哥是怎么支持的。我告诉你我很发愁,那一点也不假,白日里,因为念着你,我用心用意地看了一堆稿子。到晚来,刮了这鬼风,就什么也做不下去了。有时想着十天以后,十天以后你到了家,想象着一家人的欢乐,也像沾了一些温暖,但那已是十天以后的事了,目前的十个日子真难捱!这样想来,不预先打电回家,倒是顶好的办法了。路那么长,交通那么不便,写一个信也要十天半月才得到,写信时同收信时的情形早不同了。比如说,你接到这信的时候,一定早到家了,也许正同哥哥弟弟在屋檐下晒太阳,也许正陪妈坐在房里,多半是陪着妈。房里有一盆红红的炭火,且照例老人家的炉火边正煨着一罐桂圆红枣,发出温甜的香味。你同妈说着白话,说东说西,有时还伸手摸摸妈衣服是不是穿得太薄。忽然,你三弟走进房来,送给你这个信。接到信,无疑地,你会快乐,但拆开信一看,愁呀冷呀的那么一大套,不是全然同你们的调子不谐和了吗?我很想写:"二哥,我快乐极了,同九丫头跳呀蹦呀的闹了半天,因为算着你今天准可到家,晚上我们各人吃了三碗饭。"使你们更快乐。但那个信留到十天以后再写吧,你接到此信时,只想到我们当你看信时也正在为你们高兴,就行了。

希望一家人快乐康健!

三三
九日晚

图书在版编目（CIP）数据

三三：我们的爱与箴言 / 沈从文著. -- 北京：中国友谊出版公司, 2021.11（2022.1重印）

ISBN 978-7-5057-5344-0

Ⅰ.①三… Ⅱ.①沈… Ⅲ.①散文集 – 中国 – 现代 Ⅳ.①I266

中国版本图书馆CIP数据核字（2021）第219272号

本著作物经北京时代墨客文化传媒有限公司代理，在中国大陆出版、发行中文简体字版本。

书名	三三：我们的爱与箴言
作者	沈从文
出版	中国友谊出版公司
发行	中国友谊出版公司
经销	北京时代华语国际传媒股份有限公司　010-83670231
印刷	北京中科印刷有限公司
规格	880×1230毫米　32开 8印张　130千字
版次	2021年11月第1版
印次	2022年1月第2次印刷
书号	ISBN 978-7-5057-5344-0
定价	49.80元
地址	北京市朝阳区西坝河南里17号楼
邮编	100028
电话	（010）64678009

摄于1982年 北京